Reise

ohne

Wiederkehr

„In memoriam Atalant"

„In memoriam" ist eine lateinische Phrase, mit der Bedeutung: „Zum Gedenken an." Hier an das System Atalant, einem Doppelstern-System mit einer weißen Riesensonne und einem Roten Zwerg, sowie an die siebzehn Planeten mit ihren zwölf Monden. Darunter befinden sich zwei bewohnte Planeten und ein bewohnbarer Mond. Und selbstverständlich zum Gedenken an die quer- und freidenkerischen Bewohner dieser Welten.

Günter Skwara

Reise
ohne
Wiederkehr

„In memoriam Atalant"

Bibliografische Information der Deutschen Natio-nalbibliothek:
Die Deutsche Nationalbibliothek verzeichnet die-se Publikation in der Deutschen Nationalbiblio-grafie; detaillierte bibliografische Daten sind im Internet über http://dnb.dnb.de abrufbar.

© 2018

Günter Skwara

Bildmaterial:
Günter Skwara

Herstellung und Verlag:

BoD – Books on Demand, Norderstedt

ISBN: **978-3-7481-8399-0**

Inhalt:

Immer wieder, immer öfter erscheinen mir Bildfragmente aus einem früheren Dasein, als Gunar von Atalant.

Dieser Gunar entwickelte sich, von einem gut angepassten Bürger des Sternenbundes Kabar zum Druidorix der Druiden des TAO.

Mir liegt aus heutiger Sicht besonders sein Leben als Druide am Herzen. Hier erfährt Gunar nämlich die Wandlung.

Er erkennt sich selbst als Teil eines sehr viel größeren Selbst im Miteinander der Geistigen Wesen.

Nachdem Gunar nur einer von vielen, vielen meiner Wiedergeburten ist, habe ich beschlossen ihn/mich als eigenständige Persönlichkeit darzustellen. Dadurch entstand ein gewisser Abstand zwischen ihm, der ich damals war, und mir, im jetzigen Leben.

Vorwort

Gunar, Druidorix der Druiden des TAO, erzählt diese Geschichte. Ihm ist das Geschehen so real, als wäre es gestern erst passiert.

Aus seinen Erfahrungen mit Spirituellen Rückführungen weiß er, dass Zeit eine Illusion oder sogar eine Lüge ist.

Vergangenheit, Gegenwart und Zukunft spielen sich nur scheinbar auf einem Zeitstrahl ab.

In Wahrheit ist der Ablauf von Zeit lediglich die Bewegung von Partikeln oder von energetischen Schwingungen im Raum.

Vergangenheit ist aber für den menschlichen Verstand offensichtlich immer noch existent und anscheinend fest gefügt. Sie wirkt sowohl zur scheinbaren Gegenwart herein, die sich ständig wandelt, als auch weiter, zur sich aufbauenden Zukunft. Dabei entsteht eine „Welt der tausend Möglichkeiten".

Im Rahmen von Spirituellen Rückführungen lässt sich die Vergangenheit insoweit bereinigen, als dass damit tatsächlich Auswirkungen auf Gegenwart und Zukunft möglich sind. Diese Spirituellen Rückführungen sind wie eine Zeitreise, in deren Ablauf auch der Lauf der Geschichte verändert wird.

Allerdings kommt es niemals zu den berühmt, berüchtigten Zeitparadoxien, in denen der Mord am Großvater auch den Enkel tötet.

Soviel Dramatik braucht unser Verstand nun doch nicht, wenn er Daten liefert, die zur Lösung von Problemen führen sollen.

Mit Spirituellen Rückführungen werden zum Beispiel karmische Verflechtungen gelöst und Ursachen für Erscheinungen körperlicher, psychischer sowie sozialer Arten gefunden und geklärt.

Als Druidorix habe ich, hat der Atalanter Gunar, die Fähigkeit zur Anwendung Spiritueller Rückführungen übertragen bekommen.

Damit trage ich/er dazu bei, dass Wesenheiten in ihrer Vergangenheit aufräumen können.

Wobei nicht nur die eigenen Problemstellungen verändert werden, sondern sogar diejenigen des unmittelbaren Umfeldes.

Hallo, liebe Freunde der alten und der neuen Zeiten. Von nun an bin ich nur noch Gunar, Druidorix der Druiden des TAO.

Die Geschichte von Atalant hat mich bis heute nicht losgelassen. Ich erinnere mich daran, als wäre es gestern gewesen. Das Geschehen liegt zwar weit zurück, seine Auswirkungen sind jedoch noch immer nicht vorbei.

Das „Große Spiel" war in vollem Gange. Wir Atalanter, auf der Erde auch Atlanter genannt, waren nicht so einfach aus dem Felde zu schlagen. Zeit spielte darin nur eine untergeordnete Rolle.

Die Zeit ist nämlich lediglich: Jegliche messbare Bewegung im Raum. Nicht mehr und nicht weniger.

Die Zeit ist weder eine eigenständige Dimension noch hat sie irgendetwas Geheimnisvolles an sich.

Die Bewegungen von Energie oder Materie im Raum lassen Zeit zu. Das Messen dieser Bewegungen, die Vorstellung für ihr Dasein, verfestigt deren Existenz.

Damit gibt diese Aktion sowohl dem Energetischen als auch dem Materiellen und somit auch der Zeit relativen Bestand. Deren Beobachtung: Von einem Punkt im Raum bis zu einem anderen dauert es so und so lange, wirkt bedingt stabil.

Diese Beständigkeit ist jedoch nur scheinbar.

Sie wird sowohl durch den Standpunkt des Beobachters als auch durch dessen eigene Beweglichkeit und Bewegungsgeschwindigkeit sowie durch die Geschwindigkeit des rundum Bewegten relativiert.

Hinzu kommt: Die Wahrnehmung der Zeit hat über deren anscheinende Objektivität hinaus auch noch einen beziehungsweise mehrere subjektive Aspekte. So lässt Zeit sich dehnen, wenn beispielsweise Langeweile ins Spiel kommt oder sie vergeht viel schneller, wenn sich Spannung in einem Geschehen aufbaut.

Nun denn, Atalant lebte und lebt, ist nie untergegangen, weder als Kontinent noch als Sternensystem noch als Bevölkerung. In meinem eigenen geistigen Kosmos des Denkens, hat Atalant noch immer seinen Platz. Verzeiht mir also, wenn ich im Folgenden auch manchmal ins Schwärmen gerate oder zu ausschweifend bin. Habt Verständnis für einen Spieler in TAO.

Um Euch, liebe Freunde, in der Wortwahl gerecht zu werden, verwende ich gerne Begriffe aus der Neuzeit. Ich weiß, dies ist nicht die Sprache von Atalant und schon gar nicht die Sprache des Geistigen oder des Göttlichen TAO.
Aber schließlich will ich von Euch verstanden werden. Daher benutze ich Worte, die dem was ich ausdrücken möchte, möglichst nahe kommen.

Lasst uns also einsteigen ins Geschehen, das erst enden wird, wenn wir alle miteinander den Absprung schaffen. Damit meine ich die Beendigung des „Großen Spieles", in der Transzendenz und der letztendlichen Vereinigung, der vollständigen Bewusstwerdung dieser Vereinigung, mit dem Göttlichen Ursprung, dem Göttlichen TAO.

Die letzte Bastion?

Atalant ist hoffentlich nicht die letzte Bastion in unserer Galaxis, von inzwischen wieder relativ freien Wesenheiten, auf einem verhältnismäßig hohen spirituellen Niveau.

Für mich und meine Freunde schien es nur manchmal so. Unsere Umgebung, die Lebensformen im Sternenbund von Kabar, gab uns zusätzlich die Bestätigung dafür.

Im Doppelstern-System, einer weißen Riesensonne und ihrem kleinen, roten Begleiter, kreisen insgesamt siebzehn Planeten mit zwölf Monden; zwei der Planeten sind bewohnt, schon seit langer, langer Zeit von Leben erfüllt. Sie bilden zusammen mit einem mittlerweile ebenfalls bewohnten Mond, der um einen anderen der Planeten kreist, das System Atalant.

Wir waren einst sehr viel weiter verbreitete Stämme von Geistigen Wesen. Uns war es damals noch relativ egal, ob wir mit oder ohne Körper existierten.

Unsere Fähigkeiten zur Gestaltung unserer Umgebung waren geradezu unbegrenzt.

Erst wurden die Technischen unser Verhängnis. Dies waren Wesen die sich einbildeten ohne ihre erfundene Technik nicht auskommen zu können. Deren Technikverständnis war allerdings lediglich ein Sammelsurium von Krücken.

Was wir geistig kreieren konnten, mussten sie unbedingt materialisieren, um einen Nutzen daraus ziehen zu können. Für diese verfestigten Hilfsmittel benötigten die Fremden unbedingt Energie, sehr viel Energie.

Ohne das Zuführen von Energie funktionierte kein einziges ihrer Spielsachen. In diesem Zusammenhang kamen wir ins Spiel.

Wieder und über Äonen immer wieder beuteten sie unsere Fähigkeit zur Erzeugung von Energie aus, um ihre ach so wichtigen technischen Errungenschaften und Werkzeuge in Gang zu halten.

Raumstationen, Raumschiffe, Roboter und vieles mehr betrieben sie mit der von uns geschaffenen Energie.

Durch sie gerieten wir in einen Teufelskreis, einen Strudel, dessen Auswirkung über verdammt lange Zeit die Sklaverei war.

Angefangen hat alles, als unser Universum deren Universum berührte oder kreuzte und diese Technischen zu uns herüberwechseln konnten.

Ihre eigene Schöpfung, ihr universales Gefüge, war bereits ausgepowert.

Die Invasoren nahmen uns nicht einmal als gleichwertige Wesenheiten wahr. Für diese Andersartigen waren wir einfach nur interessante Energielieferanten. Sie konnten nicht einmal unsere gespensterhafte Körperstruktur wahrnehmen. Festkörper entwickelten wir nämlich erst sehr viel später.

Wir vergeistigen Wesen waren aber neugierig und ohne Arglist, ohne Misstrauen ihnen gegenüber.

So topften sie uns gewissermaßen in ihre eigens für diesen Zweck entwickelten Energiekristalle ein.

Dieses Anfangsereignis wiederholte sich ständig wieder, wenn energetische Engpässe auftraten oder die von Technik abhängigen Wesenheiten einfach mal wieder Sklaven benötigten.

Mit der Zeit haben leider auch Wesenheiten unseres Universum die Gepflogenheiten der Anderen kopiert.

Die Faszination für Technik und die Abhängigkeit davon übertrug sich irgendwann auch auf uns Geistwesen.

Immerhin, die Technischen hatten ursprünglich tatsächlich die Mitteln uns gefangen zu setzen und energetisch auszupressen.
Die Macht technischer Geräte schien also derart überwältigend, dass immer mehr Geistige Wesen begannen ihr eigenes geistiges Niveau anzuzweifeln.
Technisches wurde für sie zu etwas wahrhaft Erstrebenswertem.
Auf dieser verrückten Linienführung missbrauchten wir Wesen dieses Universum uns also ebenso gegenseitig, wie auch die mittlerweile bei uns heimisch gewordenen Technikfreaks ihre irre Tradition fortführten.

Letztlich missbrauchten die Kabarer uns, die Atalanter, für ihre Zwecke. Mittels alt bewährter Elektroschocks wurden wir TAO-Seelen in ihren Kristallbatterien dazu veranlasst, aus uns selbst heraus Energie zu produzieren.
Die Erzeugung von heftigem Schmerz stachelte uns an. Unter unbändigem Protest legten wir los, wie schnaubende Stiere.

Jetzt konnte auch niemand mehr behaupten, er hätte nicht gewusst, was er uns antat. Mittlerweile waren wir nämlich körperlich und durchaus in der Lage uns zu wehren.
Doch wir hatten keine Chance gegenüber der eingesetzten Gewalt.

Dies fand erst ein Ende als wir uns im großen Stil in den Kristallgefängnissen tot stellten. Dadurch wurden wir zur Energieerzeugung unbrauchbar.

In sonnenheißen Konvertern wurden die nutzlos gewordenen Kristalle vernichtet. Damit sollten auch die gefangenen Geister ausgelöscht werden.

Doch weit gefehlt, die nun freien Seeleneinheiten lösten sich auf diese relativ einfache Art von ihrem Gefängnis.

Vorübergehend stifteten sie reichlich Unfrieden unter den Kabarern. Die TAO-Seelen ließen sich nämlich dort als unterschiedliche Lebensformen gebären. Nachdem es ihnen ihr Bewusstseinszustand erlaubte, sich an frühere Ereignisse zu erinnern, brachten sie das System der Kabarer ganz schön in Aufruhr.

Manche rächten sich regelrecht. Etliche halfen ihren ehemaligen Leidensgenossen, sich per Konverter von den Kritallbatterien zu lösen.

Über unterschiedliche Umwege fanden sich die bewussteren TAO-Seelen schließlich im Sonnensystem von Atalant zusammen.

Sie wurden in den Körpereinheiten der bereits dort lebenden Atalanter wiedergeboren. Damit ergab sich eine neue Rasse mit einem höheren Bewusstseinszustand als je zuvor.

Um von nun an unsere gemeinsame Identität zu wahren und Kabar die Stirn bieten zu können, vereinigten wir uns in der religiösen Erkenntnis TAO zu sein.

Das Göttliche TAO, unser aller Ursprung, und das Geistige TAO, das wir selbst sind, bilden dabei eine Einheit.

Wir, als die TAO-Seelen die sich den Körpern angeschlossen haben, sind gleichbedeutend mit dem Geistigen TAO. Alle miteinander leben wir in TAO, einem Dasein ohne Raum und ohne Zeit. Weder Unendlichkeit noch Ewigkeit sind ein Maßstab für uns.

TAO war nicht irgendeine Religion. TAO war und ist die Gewissheit im Göttlichen zu ruhen. Es zu Sein!

TAO, das Göttliche, unser aller Ursprung, war, ist, wird sein.

Es unterliegt weder dem Raum noch den Energien, die gleichbedeutend mit energetischer Verfestigung, als Materie, sind, und schon gleich gar nicht der Zeit.

TAO ist kein Bestandteil von irgendeinem physikalischen Universum.

Und, das faszinierende dabei ist, davon sind die Atalanter und besonders ihre Druiden des TAO überzeugt: „Wir alle sind TAO, ohne Wenn und Aber."

Das Göttliche ist gleichermaßen das Geistige, das wir sind. TAO ist TAO, in gegenseitiger Wechselwirkung und doch ohne wahrnehmbare Trennung.

Wir, die Geistigen Wesen, sind nicht nur mit dem Göttlichen verbunden, wir sind im Wesenskern das Göttliche Selbst.

TAO ist das religiöse Band, das Atalant eint, das den Atalantern ebenso persönliche Kraft wie das Gefühl von Verbundenheit verleiht.

Deren Vertreter, die Druiden des TAO, schalten sich immer dann ein oder sie werden gerufen, wenn jemand Hilfe benötigt.

Die Hilfsaktion wird zumeist mittels Spiritueller Rückführung durchgeführt.

Das heißt: Der Rat- und Hilfesuchende wird in seine dramatisch aufgeladene Geschichte, in einer relativen Vergangenheit, geführt und räumt dort selbst auf.

Er bereinigt das alte Geschehnis, das sich auf dem fiktiven Zeitstrahl befindet, damit die Gegenwart wieder unbelastet davon erlebt werden kann.

Unter Vergangenheit ist dabei sowohl die nähere als auch eine weiter zurückliegende gemeint.

Auf diese Art und Weise werden in erster Linie mentale Problemstellungen behoben und Lösungen herbeigeführt.

Gegenwart und Zukunft erhalten eine völlig neue Qualität. Es öffnet sich eine „Welt der 1000 Möglichkeiten".

Dass damit zugleich körperliche oder psychosomatische Wehwehchen vergehen sowie karmisch-soziale Bindungen sich lösen sind angenehme Nebeneffekte.

Den Druiden obliegt es, schnell am Ort von Dramatisationen, die in der Gegenwart restimuliert werden, präsent zu sein, um zeitnah wirken zu können. Je unmittelbarer die Restimulation eines alten Geschehnisses angegangen werden kann, desto leichter ist der Zugriff auf die vergangenen Ereignisse.

Bei Krankheiten, Unfällen, Ohnmachten und vielem mehr versuchen die Druiden zu helfen.

Es kann immer nur ein Versuch sein. Eine endgültige Lösung bedarft immer der aktiven Mitwirkung der betroffenen Person.

Druiden waren und sind Wissende in allen Lebenslagen und haben brauchbare Lösungsvorschläge für fast alles.

Zudem können sie sich ergänzen. Wenn einer meint, am Ende seines atalantischen „Latein" angelangt zu sein, gibt es im „Freien Orden freier Wesen" dennoch immer den einen oder anderen, der weiß oder die wissen, wie eine Problemstellung zu lösen sein könnte.

Notfalls schließen sich sogar mehrere zusammen oder sie rufen einen Freien Geist zu Hilfe.

Die Druiden des TAO

Im Orden der Druiden gab es, im System von Atalant, sowohl Frauen als auch Männer mit ureigenen besonderen Befähigungen und einer angepassten, zusätzlichen Ausbildung, die eine Verbindung mit geistigen, weitgehend körperlosen Wesenheiten ermöglichte.

Diese Wesenheiten oder Freien Geister durchstreiften entweder den geistigen Kosmos oder sie hielten sich im Universum auf, mehr oder minder in der Nähe des Systems von Atalant.

Der Begriff Nähe ist dabei relativ, da Geistige Wesen sowieso unabhängig von Raum und Zeit miteinander verbunden sind.

Das Wissenspotenzial sowie die Fähigkeiten der Freien Geister konnten die Druiden des TAO nutzen, wenn es nötig erschien.

Sie selbst drängten sich jedoch niemals auf. Nicht, wenn es sich um ein Geistwesen handelte, das ausschließlich hilfreich sein möchte. Es gab und gibt jedoch auch andere!

Im spirituellen Bewusstsein, die Miterschaffer des „Großen Spiels" zu sein, wussten wir, als Atalanter, mit absoluter Gewissheit: Unser Sein ist uneingeschränkt Göttlich.

Wir waren lediglich in persönlichen oder sozialen Spielsituationen verfangen.

Karmisches Erleben, über die Zeitläufe hervorgerufene Verstrickungen, machte und macht das Spielgeschehen immer komplizierter. Damit gewinnt es an Dramatik.

Auch Schmerzen und Verluste treten im karmischen Miteinander gehäuft auf.

Das „Große Spiel" ist im kosmisch geistigen sowie im universal physikalischen Maßstab zu betrachten. Für Form und Ablauf haben wir dieses, unser Universum als Spielfeld geschaffen.
Es ist erfüllt von vielerlei Spielregeln oder so genannten Naturgesetzen. Diese bestimmen Spielfelder, Grenzen und mögliche Ziele.

Daraus rechnen manche Wesen sogar Schicksalhaftes aus, für sich und/oder für andere, oder sie legen ein „gottgegebenes" Kismet fest. Wieder andere erheben das Phänomen des Zufalls zum Dogma für manche Vorkommnisse im Leben.

Jegliche grundlegende Information sowie alle, wirklich alle Verläufe der Spielgeschehen sind in der Akasha-Chronik (kein vollständig neuer Begriff) gespeichert.

Im bewussten Sein des „Großen Spiels" lebten wir, die überwiegende Mehrzahl der Atalanter, im Bewusstsein von gelebter Leichtigkeit.
Fest- und starr- und schwermachende Ernsthaftigkeiten rückten für uns in den Hintergrund, aus der Sicht der Erkenntnis um das „Große Spiel".
Die schwierigen Betrachtungen zum Leben verloren ihren Stachel zugunsten von Erlebensqualitäten mit sehr viel Humor im Gepäck (in den einfachen Definitionen: „Humor ist ein Zustand von Leichtigkeit." oder „Humor ist das Spiel mit der Unvernunft." oder auch „Humor ist, wenn man trotzdem lacht.").
Mit dem gelebten Humor konnten wir die Grenzen der Vernunft sprengen. Somit war Humor der Einstieg in jede Art von Phantasie.

Die Formen sowie die Art und Weise des Lebens wurden von uns im „Großen Spiel" folgendermaßen eingestuft:

1) Erleben = Das Leben, geistig, körperlich sowie im sozialen Miteinander, wird genommen wie es eben kommt, ob gut, schlecht oder neutral. Jegliches Erlebnis ist das Salz in der Suppe des Seins.

Körper sind Beiwerk im Spiel des Erlebens. Erleben könnte mit einer Körperform oder auch ohne eine Körperform gelingen.

2) Leben = Es wird versucht mit allen Mitteln Lebendigkeit zu erfahren. Dem Leben im Umgang mit Lebendigem wird ein angebracht hoher Stellenwert beigemessen.

Im Rahmen dieser Daseinsform, genannt Lebewesen, können verschiedene, auch negativ anmutende Emotionen ausgekostet werden.

Die milde stimmende Devise lautet: „Leben und leben lassen!". (Aus dem Irdischen kenne ich als „Hexenregel" dies: „Was Du nicht willst, das man Dir tu', das füg' auch keinem andern zu!")

3) Überleben = Das Motto: „Fressen oder gefressen werden!", ist bestimmend für Leben über Leben.

Das Geistige Wesen degradiert sich in diesem Dasein selbst vollständig zum Lebewesen; es ist sogar im Sein ein solches.

Bei Überlebensreaktionen gilt es die Macht zu haben, andere unter sich zu wissen.

Hierarchien sind überlebenswichtige Bestandteile in diesem furchtbar ernsten Spielverlauf.

Nur mit dem Beherrschen von Notwendigkeiten wird überlebt. Dabei ist gemeint: Aus der Not heraus wendig genug zu sein, um dem Gefressenwerden entgegen zu wirken.

Dabei gibt es diese drei möglichen Strategien:

a) Schnell genug sein, um entwischen zu können oder b) mit Schnelligkeit, Kraft und/oder Intelligenz anderen überlegen sein oder c) sich totstellen bis die Gefahr vorüber ist.

4) Gelebt werden = Bei dieser Art und Weise des Lebens verliert das Wesen seine Selbstbestimmung völlig.

Andere herrschen über wieder andere, bis sich ein gewaltiger Berg von Hierarchien auftürmt.

Jemand in diesem Zustand des Seins kann nicht mehr genau sagen, ob er wirklich oben oder vielleicht doch wieder ganz unten angekommen ist.

Sinnbilder hierfür sind Teufelskreise oder die Schlange die sich in den eigenen Schwanz beißt.

Alles verschlingende Fremdbestimmung macht sich letztendlich als Erlebens- und Lebenshindernis geradezu selbstständig.

Das Volk der Atalanter kannte keine vorherrschenden Hierarchien, keine Über-, Unterordnung.

Wir versuchten uns weitgehend im Dasein des Lebens und besser noch beim bedingungslosen Erleben zu verwirklichen.

Damit ergab sich ein Lebenssinn, der etwa so lautete: „Schädige niemanden und nichts! Lebe Dein Leben im Bewusstsein, dass alles, was Du bewirkst oder unterlässt, über Dich selbst hinaus auch für möglichst viele andere Wesenheiten hilfreich sein soll."

Alles, wirklich alles, erleben zu können, ohne Be- oder Abwertung, ist das Ziel von TAO und entsprach der angestrebten Vorstellungswelt der Atalanter.

Dass dies nicht immer gleich der gelebten Realität entsprach war für jedermann klar und jedem auch bewusst.

Doch dazu sind hochwertige Zielvorstellungen schließlich da: Darauf hin zu streben.

Und nun, nach diesen mir wichtig erscheinenden Ausführungen nochmals die Bezeichnung für meine Identität: Ich war Gunar, Druidorix der Druiden des TAO.

Als Mitglied einer erst vor kurzem ins Leben gerufenen Triade repräsentierte ich Atalant, das System unserer Heimatwelten.

Diese jüngste Triade wurde gegründet, weil die Elite des Sternenbundes von Kabar unser System unter Druck setzten.

Meine Freunde in der Triade hießen Darkon und Vasilio. Auch sie waren Druidorix, im Orden der Druiden des TAO.

Ich glaube, an dieser Stelle muss ich Euch schon wieder ein paar Erklärungen geben, zu unserer Stellung und zu unserer Funktion:

Der Orden der Druiden des TAO war unsere geistige Heimat, der wir seit unterschiedlich langer Zeit angehörten.

Ich selbst war im Alter von 63 Jahren beigetreten (ein Jahr in Atalant entspricht etwa dem Erdenjahr).

Damals befand sich der Sternenbund Kabar im Zwist mit benachbarten Insektoiden.

Mittlerweile war dies über 300 Jahre her und die Insektoiden sind dem Sternenbund mehr oder minder freiwillig als assoziierte Verbündete angeschlossen worden.

Übrigens, meine Lebenserwartung betrug so ungefähr 900 Jahre.

Das konnte sich verlängern, wenn die Technik zur Erhaltung von Körpern noch ausgefeilter wurde. Wobei mir die Verweildauer in diesem einen Körper nicht wirklich wichtig war.

Als Druidorix hatte und habe ich die Befähigung auch in den jeweils folgenden Leben an altes Wissen und an Erfahrungswerte anzuknüpfen.

Der Orden der Druiden des TAO unterstützte außerdem, zumindest in Atalant, alle seine Mitglieder bei jeder Wiedergeburt.

Ein Druidorix wurde lediglich besonders intensiv und gezielt ausgebildet. Er war kein Vorgesetzter von irgend jemandem.

Diese Art und Weise der Betrachtung gab es hier nicht; alle Atalanter waren gleichwertig.

Sie unterschieden sich nur durch ihre individuellen Fähigkeiten und den darauf aufbauenden Tätigkeiten.

Unter anderem auch deshalb wehrten wir uns gegen die Angliederung an das System von Kabar.

Sternenbund Kabar

Dort waren und sind Hierarchien bestimmend für jeglichen Konfront im Miteinander beziehungsweise beim Unter- oder Über- oder Gegeneinander.

Die Kabarer wurden sogar darin geschult, sich gegenseitig klein zu halten.

Ihr Teamgeist bezog sich lediglich auf den Machterhalt von höheren kabarischen Gruppierungen. Diese waren wiederum für die übergeordnete Macht des Sternenbundes von Kabar gleichgeschaltet.

Im gesamten Verbund aller 263 Sternsysteme herrschte damals wie heute die gleiche Vorstellung: Kabarer, egal welcher Rasse sie angehören, sind allen anderen Völkern in der Galaxis haushoch überlegen.

Überall wurde diese Vormachtstellung gelehrt und entsprechend gelebt. Von Kindesbeinen an galt es, dieser Denkart gerecht zu sein.

Alle Gegenströmungen oder -denkweisen waren der Denunziation ausgesetzt.

Sofort griff die Polizeigewalt zu und verfrachtete Querdenker in Umerziehungslager.

Dort wurde dann im Verstand der Leute aufgeräumt. Sie wurden entsprechend umgebildet, umprogrammiert oder wie atalantische Ketzer hinter vorgehaltener Hand sagten: "Hirngewaschen".

Atalant hatte etliche hundert Jahre Galgenfrist bekommen. Nachdem wir nicht mehr als Energiespender ausgebeutet wurden, ließ man uns gewähren. Vielleicht gab es sogar so etwas wie ein schlechtes Gewissen (was ich aber bezweifle).

Unsere besonderen Fähigkeiten erschienen den Führungskräften von Kabar dennoch nützlich.

22

Dadurch ignorierten sie einfach unsere Protest-haltung.

Die Puppen, die wir so nannten weil sie keine Fleischkörper hatten, waren die Elite von Kabar.

Sie studierten uns und unsere Lebensweise etliche hundert Jahre lang. Sie nutzten unser Können und lernten sogar von unseren Ansichten.

Offenbar konnten wir ihnen allerdings seit neuestem nicht länger dienlich sein. Denn jetzt stand das Schicksal von Atalant auf des Messers Schneide.

Die Führer von Kabar, dem großen, übermächtigen Sternenbund, wollten Atalant vollständig assimilieren, ihrem Gefüge zu- oder unterordnen, uns gefügig machen.

Zähe Verhandlungen, ohne echte Chancen für uns Atalanter, hatten dafür gesorgt, dass der Missmut uns gegenüber immer deutlicher wurde. Sie waren nun vorüber.

Die einsichtigeren, uns gegenüber gewogeneren Vertreter des Bundes von Kabar hatten versucht zu vermitteln, mehr schlecht als recht.

Doch die Eliten von Kabar, die Puppenleute, vertraten von Anbeginn ihren fest gefügten, irgendwie schon länger vorbereiteten Standpunkt.

Die Diplomaten des Sternenbundes, Skelkar Inosol und Dawanka Elmuid, baten schließlich um einen Schiedsspruch aus dem Hauptquartier der Puppen.

Dieses Hauptquartier, das Befehlszentrum der Puppen, befand sich auf einer gewaltigen Raumstation, die ständig in Bewegung war.

Der Weg sowie die jeweilige Position der Station waren nicht im Voraus berechenbar.

Allein schon dadurch waren die obersten Köpfe der Eliten ziemlich gut abgesichert. Sie trotzten damit jeder Art von Angreifern.

Wir, die Triade, waren jetzt dazu verdammt abzuwarten. Wir saßen zusammen, um den Verlauf der Verhandlungen mit den Abgesandten der Kabarer zu analysieren.

Bald stellten wir ohne Umschweife fest: Es ist zu spät, war schon vordem zu spät, für effektive Gegenmaßnahmen.

Vasilio fragte, ohne eigentlich eine Antwort zu erwarten: „Haben wir denn noch eine reale Chance, der Unterdrückung zu entgehen?"

Darkon ließ sich Zeit mit seiner Antwort: „Ist es nicht wie man will, so muss man wollen wie es ist!" Wir anderen beiden Druidorix des Dreigestirns nickten überlegend und zugleich zustimmend.

Das Urteil aus der Zentrale von Kabar war niederschmetternd. Die Eliten hatten beschlossen Atalant ein allerletztes Ultimatum zu stellen: „Entweder deren Bewohner ordnen sich in Zukunft dem kabarischen System ohne Wenn und Aber unter oder es wird kurzer Prozess gemacht!"

Wie der kurze Prozess aussehen würde war hinlänglich bekannt. Andere, mittlerweile längst vergangene Aktionen machten uns dies deutlich:

Atalants beide Sonnen würden künstlich aufgeheizt. Sie dehnten sich dann bis über die Bahnen der letzten Planeten des Systems hinaus aus.

Sie würden alles verschlingen, was jemals auf die Kultur der Atalanter hingedeutet hätte.

Nach diesem Vorgang würde es sein, als hätte es die Heimat Atalant und die Atalanter als solche nie gegeben.

Alle Informationen über sie würden auch aus den Analen der Konförderation von Kabar gelöscht, vollständig getilgt.

Daran würde sich auch nichts ändern, wenn die Geistigen Wesen, die wir nun einmal waren und noch immer sind, an anderen Orten wiedergeboren werden sollten.

Wir drei von der Druidorix-Triade, Darkon, Vasilio und ich, standen dieser Forderung absolut machtlos gegenüber.

Die beiden ständigen Vertreter der Eliten von Kabar, im Planetensystem Atalant, Skelkar Inosol und Dawanka Elmuid, hatten die Nachricht ohne jede Emotion übermittelt.

Ihr Problem war es schließlich nicht, wenn eine Kultur auf die Schnelle mal untergehen sollte. Hauptsache sie gerieten dabei nicht selbst zwischen die Fronten.

„Es bleibt uns offenbar keine Wahl.", sagte ich. „Zumindest keine, die uns jetzt selbst einfällt.", ergänzte Vasilio.

Die Diplomaten von Kabar hatten uns verlassen. Wir, die in langem Prozess ausgebildeten Druiden des TAO, lehnten uns zurück und ließen los, um dem „Großen Spiel" gedanklichen Raum zu geben.

Trotz der persönlichen Anspannung flossen unsere Gedanken ineinander. Sie bildeten eine Art Strudel, der sich immer mehr ausdehnte:

„T.AaOooo, T.AaOooo, T.AaOooo, ...". Sowohl physikalisch als auch telepathisch wiederholten wir unseren Formelgesang.

„Woher kommt eine Antwort?" "Wer liefert die Lösung für das Unerhörte?"

„T.AaOooo, T.AaOooo, T.AaOooo, ...", gemeinsam sandten wir den Ruf.

Glücklicherweise wussten wir, dass wir nicht allein gelassen waren. Der geistige Kosmos beheimatete, damals wie heute, noch mächtige, freundliche Wesenheiten, die uns zu Hilfe eilen konnten.

Im Laufe unserer Ausbildung nahmen wir oftmals Kontakt zu den freien Geistwesen auf, die es nicht als notwendig ansahen, sich mit Körpern zu vereinen. Sie vermieden es tatsächlich seit ewigen Zeiten, sich um diese zerbrechlichen Kohlenstoffeinheiten kümmern zu müssen.

Manche hatten es auch geschafft, niemals eingefangen zu werden und als Energieproduzenten missbraucht zu werden.

Ihr ursprüngliches, geistiges Potenzial war daher weitgehend unverbraucht, es hatte glücklicherweise keinerlei schmerzhaften Verluste erlitten.

Ihre Nähe zum Göttlichen Ursprung war deutlich spürbar, wenn sie sich zu erkennen gaben.

Aus der Weite des Alls flüsterte der Hauch einer Stimme. Aufgrund meiner besonders ausgebildeten, kommunikativen Fähigkeit vernahm ich sie als erster.

Für die anderen beiden klang es wie das Säuseln des Windes oder bestenfalls wie ein fernes Raunen zwischen den Sternen.

Es wurde beständig deutlicher. Bald drang der Klang dieses Geistes in die Gedankenwelt von uns allen dreien ein.

„Könnt Ihr auch wahrnehmen, was ich höre?", fragte ich.

Meine Freunde, telepathisch mit mir verbunden, sandten ein doppeltes „Ja!". Es entstand in meinem Verstand. Sie hatten den Kontakt.

Zu dritt empfingen wir nun gleichzeitig: „Wer ruft?". Es stand klar, als wäre es geschrieben worden, im geistigen Raum.

Vasilio übernahm es zu fragen. Er war vorsichtig, obwohl er sicher sein konnte, dass sich ein guter Geist gemeldet hatte: „Wer bist Du?"

Oft genug geschah es dennoch, dass sich geistige Wesenheiten bei ihnen meldeten, die nicht wirklich helfen, sondern eher noch mehr Verwirrung stiften wollten.

Wir drei Druidorix hatten allerdings hinreichend Übung darin, zu erkennen, wer oder was zu ihnen kam.

„Ich bin Everin, Euer Freund und Begleiter, besonders in schweren Stunden."

Die geistige Signatur von Everin war klar und eindeutig. Dieses Wesen kannten und schätzten wir aus lang zurückliegenden, früheren Sitzungen.

„Wir grüßen Dich, Du guter Geist. Gib uns bitte einen Rat." „Ich höre, was ist Euer Begehr?", jetzt klang die Stimme des Geistwesens, als würde es uns unmittelbar gegenüberstehen.

Wir einigten uns darauf, dass Vasilio weiterhin für uns sprach.

Er holte weit aus, begann und erzählte die Erlebnisse der Wesenheiten von Atalant vom Beginn an:

„Ich will Dir die ganze Geschichte erzählen, obwohl sich sicher bin, dass Du alles bereits weißt: Du kennst unser Sonnensystem Atalant. Hier leben freiheits- und friedliebende Wesen, die selbstbestimmt sein wollen und jegliche Unterdrückung strikt ablehnen.

Unsere Kräfte wurden vor Zeiten von den Burschen aus dem Sternenbund Kabar missbraucht. Die nannten es gebraucht!

Die frühen Atalanter und andere geistig freie Wesen, aus damals noch viel mehr Sonnensystemen, wurden gewissermaßen eingetopft, in Kristallen eingefangen und energetisch ausgebeutet.

Unsere Seelenkräfte trieben sodann die technischen Gerätschaften der Kabarer an.

Die Kabarer haben uns für diesen Zweck, auf Befehl der Puppen, getäuscht und brutal umfunktioniert. Es hieß, wir Geistwesen würden ohne eigene Anstrengung noch mehr geistig-magische Fähigkeiten erlangen, wenn wir uns einer einfachen Prozedur unterzögen.

Die meisten von uns ließen sich tatsächlich überzeugen.

In organisierten, planetenumspannenden Blitzaktionen, wurden sie wie am Fließband in Kabinen verfrachtet und „behandelt".

Ihnen wurden enge Kappen mit Elektroden über die Köpfe gestülpt, mit denen man elektrische Ströme ins Gehirn jagen konnte. Ihre damals noch anders strukturierte Hirnmasse wurde regelrecht gebraten und dabei geschrumpft.

Die verwirrten, verwirbelten Geistwesen wurden dann aus ihren Körpern abgesaugt und in Kristallkäfigen festgesetzt.

Für ihre Mitwesen verschwanden sie einfach von der Bildfläche. Lange Zeit schöpfte niemand der anderen Verdacht. Zeit genug für die Truppen der kabarianischen „Behandler".

Während die Körper der Opfer quasi unbeseelt, zombiehaft weiter existierten, haben die geistigen Wesenheiten selbst ihr Dasein als Energieproduzenten geführt.

Mittels fortgesetzter Elektroschocks wurden sie dazu veranlasst, aus sich selbst heraus Energie zu produzieren.

Heftiger Schmerz und unbändiger Protest stachelte sie an. Wie schnaubende Stiere legten sie los. Genau so wurde es gewünscht.

Ihr Denkvermögen wurde bei dem Prozess in Verwirrung gesetzt und auf ein Minimum reduziert.

Erst als einige völlig ausgebrannt waren und entsorgt wurden gelangten sie in die Freiheit. Der nutzlos gewordene Kristall wurde hierfür einfach in einen sonnenheißen Konverter geworfen.

Plötzlich erkannten die geschundenen Wesen, dass sie trotz all dem in ihrem Seelenheil völlig unversehrt geblieben waren.

Zusammen mit freien Geistwesen als Helfern, holten sie den altbewährten Plan aus der Trickkiste, um alle Geistigen aus den Fallen zu befreien. Dieser Plan hatte schon etliche Male gewirkt, war aber immer wieder in Vergessenheit geraten.

Die Lösung war wieder einmal, wie schon vor Urzeiten: „Stellt Euch tot! Gebt einfach keine Energie mehr ab. Reagiert auf deren Reize nicht mehr. Macht Euer eigenes Ding!"

Und tatsächlich, nach und nach mussten immer mehr der Kristallbatterien weggeworfen werden. Sie wurden ebenfalls entsorgt.

Und tatsächlich, sobald sich die Kristallgefängnisse im Konverter in ihre Bestandteile auflösten, waren die Gefangenen wieder frei.

Allerdings blieb nun der Nachschub für die Kabarer aus. Die meisten frei gewordenen Geister waren jetzt unauffindbar. Sie kehrten einfach nicht mehr auf ihre Heimatwelten zurück.

Viele von uns mischten sich sogar unter die Kabarer und stifteten mehr oder weniger gezielt Unruhe.

Indem unsere Leute sich neue Körper als Kabarer suchten, diese entweder besetzten oder sich als diese wiedergebären ließen, verbreiteten sie revolutionäres Gedankengut.

Das elitär aufgeblähte System der Puppen bekam spürbare Risse. Dies war etwas, was die Eliten ganz und gar nicht vertragen konnten.

Die Wiedergeborenen widersetzten sich sogar erfolgreich den kabarischen Erziehungsmaßnahmen. Bis die Kabarer merkten welche Kuckuckseier sie ausbrüteten, hatten die unterschwellig auf Rache sinnenden Wesenheiten das System bereits ansatzweise unterwandert.
Sie waren sich immerhin noch bewusst, dass sie Vorleben hatten.

Ihre vorgeblichen, für Kabar ganz schlimmen Verbrechen bestanden hauptsächlich darin Veränderungen anzustreben.
Genau damit bewirkten die Frei- und Andersdenker im Feld des Sternenbundes von Kabar enormen Aufruhr. Die Diktokratie (Diktatur + Bürokratie) der Puppen geriet in Gefahr sich verändern zu müssen.
Daher wurden die Querdenker gnadenlos gejagt. Man versuchte sie entweder wieder in die bestehende Ordnung zu pressen oder mit Gewalt aus dem System zu entfernen.

Über mehrere körperliche Leben hinweg, trafen sich die Wesen wieder. In neuen, heimatlichen Gefilden bildeten sie Gemeinschaften.
Die Planeten des Sternensystems von Atalant wurden schon bald zur Heimat von Atalantern.
Diejenigen, die sich nicht haben integrieren lassen, übernahmen auf die bewohnbaren Planeten.

Die dort existierenden, als primitiv geltenden Bioeinheiten wurden zur Grundlage für eine neue Rasse.

Die Eliten des Verbundes von Kabar wagten es nun aber nicht mehr, die frei gewordenen Wesen zu knechten.

Erstens gab es mittlerweile technisch hochwertigen Ersatz, fast gleichwertige Energiequellen.

Zweitens ließen sich weder die Atalanter noch die anderen Geistwesen noch einmal übertölpeln und drittens hatten die Kabarer dazugelernt.

Sie wollten sich nicht nochmals den Protestbewegungen aussetzen, die jene Freigeister angezettelt hatten.

Statt dessen wurde versucht, mit Intrigen, psycho-physischer Einflussnahme und ausgeklügelter Überzeugungsarbeit, auch die Bewohner von Atalant ins Boot der Vereinigung zu holen.

Schließlich schlossen wir uns tatsächlich dem Verbund von Kabar an. Es musste allerdings erst einmal etwas Gras über die Grausamkeiten der Kabarer wachsen.

Immerhin waren wir nicht allzu nachtragend und sogar immer noch verständnisvoll.

Damals glaubten wir trotz allem noch daran, dass uns dieser Zusammenschluss von Sternensystemen Schutz gegen fremde Mächte bieten könnte.

Elitäre Puppen

Wir stimmten mit den Wesen in Puppenkörpern überein, den Eliten, die einst aus den Weiten der Galaxis kamen. Sie waren angeblich auf der Flucht vor dunklen Feinden.

Bis jetzt weiß niemand genau aus welchem Material die Puppen „gestrickt" sind. Fleischliche Kohlenstoffeinheiten sind es jedenfalls nicht. Und Roboter? Irgendwie auch nicht.

Manche behaupten, deren Körper könnten auf Siliziumbasis funktionieren. Andere wollen etwas Insektenhaftes bei ihnen entdeckt haben.

Sie wirken jedoch einfach wie zu klein geratene Menschen. Mit ihrer Körpergröße von unter einem Meter sind sie so klein wie die kleinsten Menschen. Sie sind dem Menschlichen sehr genau nachempfunden. Nur ihre Köpfe sind etwas zu groß für die sonstigen Proportionen.

Es gibt tatsächlich auch männlich und weiblich gestaltete Puppen. Dabei ist ihre Fortpflanzung völlig unklar. Schließlich wurden noch nie Kinder bei ihnen gesehen. Auch hat noch niemals jemand eine gealterte Puppe gesehen.

Sie wirken immer wie Erwachsene im besten Alter. Wobei auch deren „Lebens"-Erwartung im Dunkel bleibt. Ist Leben für diese Wesen überhaupt der richtige Begriff?

Auf die haarsträubenden Geschichten der Puppen ließ sich der Sternenbund ein, der bei ihrer Ankunft bereits bestand, und errichtete eine aufwändige Abwehr.

Die Technologie der Fremden diente als Grundlage für das aktiv gewordene Bollwerk gegen die vorgeblichen Verfolger.

Entweder wirkte der galaktische Wall tatsächlich furchteinflössend genug, um jegliche Angreifer abzuschrecken oder es gab keine entsprechenden Verfolger.

Jedenfalls geschah in den folgenden Jahrtausenden kein Überfall, wie ihn die Puppen vorausgesagt hatten.

Dennoch! Die Puppenwesen stiegen zur Führungsmacht im Sternenbündnis auf.

Sie hatten den klügeren Intellekt und waren technisch wesentlich besser ausgerüstet, als alle anderen Kabarer.

Die kabarianischen Verbündeten überließen den Eliten, wie sie mittlerweile allerorts genannt wurden, mehr und mehr die Macht für Entscheidungen.

Obwohl es in den vielen, vereinzelten Sonnensystemen noch Könige, Kaiser und Parlamente oder dergleichen gab, steuerte die Elite schon bald die Geschicke von ganz Kabar.

Nichts überließen sie dem Zufall. Alle Maßnahmen zur Übernahme der Macht sowie zur Einverleibung weiterer Verbündeter wurden strategisch perfekt, geradezu minuziös durchorganisiert. Der Erfolg gab ihnen jedesmal wieder Recht.

Auch Nachbarsysteme, die noch kein Mitglied im Bund waren, wurden von den Puppenleuten unterschwellig beeinflusst. Die Eliten spielten regelrecht Katz und Maus mit den dort Herrschenden.

Schon bald wurden auch Sonnen- und Planetensysteme aufgenommen, die lange Zeit erbitterte Feinde von Kabar waren.

So wuchs das Bündnis immer weiter an. Im Rahmen fester, dogmatischer Regeln und Denkweisen ordneten sich alle den Vorgaben der Eliten unter.

Wir Atalanter aber, wir blieben beständig die Außenseiter. Unser Glück war, dass wir fähige Wesenheiten hervorbrachten, die den Eliten nützlich sein konnten.

So stellten die Atalanter komptente Kommandanten für Raumschiffe und Raumstationen, Befehlshaber auf Minenplaneten und andere Führungspositionen, zu denen sonst kaum jemand in der Lage war, sie ordnungsgemäß auszuführen.

So lange wir uns derart loyal verhielten, wurden unsere atalantische Eigenheiten akzeptiert und weitgehend toleriert.

Zähneknirschend (falls möglich) und streng überwacht ließen uns die Eliten Positionen mit besonderem Schwierigkeitsgrad oder extrem hohen Risiken ausfüllen.

Doch unser Streben nach Freiheit und Individualität wurde in den letzten paar Jahren auf eine harte Probe gestellt. Die vorgebliche Toleranz der Eliten nahm ab. Sie forderten uns immer mehr heraus. Unsere Leute wurden immer häufiger bei Himmelfahrtskommandos eingesetzt, regelrecht verheizt.

Manchen wurden ganz offensichtliche Aufgaben erteilt, die praktisch zu hundert Prozent niemand überleben konnte. Es war ähnlich den Zeiten, in denen wir als Energielieferanten herhalten mussten.

Deshalb riss bei etlichen der Führungspersönlichkeiten der Geduldsfaden. Sie revoltierten und forderten ihre Kameraden dazu auf, ebenfalls aufzubegehren. Die elitären Puppen reagierten mit brutaler Gewalt.

Sowohl die Revoltierenden als auch deren gesamter Familienverbund wurden erst gefangen gesetzt und schließlich kurzerhand exekutiert.

Damit sollte ganz sicher ein größerer Aufstand der aufmüpfigen Atalanter provoziert werden, wie er schon einmal vor etwa 22.000 Jahren stattfand.

Lediglich durch uns, die Druiden des TAO, konnte eine Katastrophe verhindert werden.

Wir konnten bisher den „Ball flach halten", wie man so sagt.

Allerdings ist nicht vorauszusagen, wann es denn doch zum nächsten, großen Aufstand kommen könnte. Die Vorstellung von der möglichen Wiedergeburt wirkt vorerst beruhigend und entschärft die Lage ein wenig.

Die Puppen hatten jedenfalls dazu gelernt: Sie können jetzt von Körpern frei werdende Seeleneinheiten (so genannte Gestorbene) maschinell aufsaugen und gefangen setzen.

Die zuletzt exekutierten Atalanter fristen jedenfalls, aufgrund dieser Technik, ein Pseudoleben. In Kristallen, ähnlicher Art wie früher bei den Batterien, wird ihnen ziemlich real vorgegaukelt, sie würden auch weiterhin ein ganz normales Leben führen.

In diesen Scheinleben durchlaufen sie besondere Besserungsmaßnahmen und Schulungen. Sie werden immer wieder harten Prüfungen ausgesetzt.

So bleiben sie festgesetzt, bis sich deutlich abzeichnet, dass sie wieder als „normale", systemangepasste, brauchbare Lebewesen in neuen Körpern geboren werden können.

Ihnen wird, im Umfeld der Kristalle, tatsächlich eine Wäsche des Verstandes verpasst.

Zusätzlich werden sie auch mit den geistigen Einpflanzungen des kabarischen Erziehungssystems gefügig gemacht.

Diesmal bekommen sie nicht noch einmal die Chance, durch einfaches Totstellen den Fallen zu entgehen.

Jetzt haben wir Atalanter ein schlimmes Ultimatum auferlegt bekommen: Entweder wir fügen uns voll und ganz in das diktokratische System von Kabar ein oder unser gesamtes Sonnensystem wird untergehen.

Was also sollen wir tun, Everin? Sich dem unmenschlichen System zu beugen? Das ist einfach nicht die Art von freien Denkern, nicht die Art von Atalantern. Wie siehst Du die Problematik? Wie entkommen wir dieser Schlinge?"

„Gut, Freunde, ich kenne Eure Problemstellung schon länger. Schließlich bin ich Euer Begleiter, seit ewigen Zeiten. Nur war es mir damals nicht gestattet entscheidend einzugreifen.

Dies hätte Euren Entwicklungsprozess aus den vorgesehenen Bahnen geworfen. Doch die Verhältnisse haben sich geändert.

Bitte, gebt mir nun etwas Zeit. Ich muss näher in die neuen Zusammenhänge hineinspüren und mir auch ein genaueres Bild von Euren Gegenspielern verschaffen.

Wie Ihr wisst, ist die Situation immer die eines Spieles; so furchterregend sie auch erscheinen mag."

Everin spürte, mit unserer Einwilligung, auch in unsere Gedanken noch weiter hinein.

Die eindringlich erzählte Geschichte bot ihm dabei Anhaltspunkte, wonach er suchen musste.

„Ich glaube, das Puzzle nun vollständig erfassen zu können. Jetzt werde ich mir die fehlenden Steine von den Kabarern holen."

Mit einem leisen, geistigen Wehen, ähnlich einem Winken, verabschiedete er sich.

„Danke für Dein Bemühen! Wir erwarten Deinen Rat.", Darkon, Vasilio und ich sandten freundliche Gedanken hinterher.

„Lasst uns nun in aller Ruhe die Zeit abwarten.", meinte Vasilio.

„Ich schlage vor, wir besuchen unsere Schwestern und Brüder im Ordenshaus.", Darkon deutete in die Richtung.

„Dann rufe ich unseren Schlitten.", sagte ich und betätigte meinen Kommunikator.

Der Schlitten, ein Gefährt auf magnetisierten Kufen, glitt lautlos heran.

Er bewegte sich auf dem ebenfalls mit winzigen Magneten bestückten Weg. Er hielt vor uns und öffnete selbsttätig die Flügeltüren.

Wir nahmen Platz. Ich gab die Anweisung: „Zum Ordenshaus!"

Der Schlitten bestätigte laut und deutlich: „Zum Ordenshaus."

Der Magnetschlitten nahm langsam Fahrt auf. Er schwebte aus dem Park, in der sich die Botschaft der Kabarer befand, hinaus in Richtung der Berge.

Spielgeschehen

Ich war zwar innerlich völlig gelassen und harrte der Dinge die da kommen sollten, aber die Art und Weise, wie die Elite von Kabar mit uns umsprang, fand ich dennoch abscheulich.

Mir war klar: Das „Große Spiel" verschont niemand. Warum mussten aber ausgerechnet wir, die wissenden Atalanter in TAO, eine derartige Prüfung durchlaufen?

Dies war noch nie eine besonders brauchbare Fragestellung. Immerhin kannte ich die Antwort schon lange: Wir waren auf Protest gegen die Kabarer. Und ein wichtiges geistiges Gesetz lautete:

„Wogegen Du am meisten protestierst, davon wirst Du Wirkung!" Das gleiche gab es noch mit der Thematik Angst: „Wovor Du Dich am meisten ängstigst, davon wirst Du Wirkung!"

Das hieß unser Protest machte uns zur Zielscheibe, nicht etwa der Kabarer, sondern unserer eigenen Kraftanstrengung. Denn: „Gewalt erzeugt Gegengewalt!"

Hier galt entsprechend: „Der Einsatz von abwehrender Kraft erzeugt eine Kraft, die sich der unseren genau entgegengesetzt aufbaut."

Deshalb gab es für uns nur einen Ausweg. Mir fiel es wie Schuppen von den Augen: Wir alle, wirklich alle Atalanter, mussten sowohl unseren Protest als auch den Einsatz abwehrender Kraft aufgeben. Also wieder eine Art Totstellen!? Nicht wirklich!

Allerdings hieß das jetzt, wir mussten uns dem Ansinnen von Kabar fügen.

Damit vermieden wir, dass Atalant für ewig unterging. Dies war eine Variante.

Und die zweite Möglichkeit lautete: Wir mussten uns dem kabarianischen Druck mental und physisch entziehen.

Wir könnten uns einfach von dem unterdrückerischen Einfluss lösen, indem wir ausreisen oder notfalls flüchten sollten.

„Kämpfe ohne zu kämpfen!" Eine uralte Regel, mit der wir uns jahrhundertelang am Rande von Kabar behaupten konnten.

Jetzt war es an der Zeit, genau dies zu realisieren: „Den Kampf fiktiv aufnehmen und den Gegner dann einfach ins Leere laufen lassen."

Wir hätten auch so tun können, als würden wir fliehen, um dann in Wahrheit nur außerhalb des Einflussbereiches von Kabar neu zu beginnen.

Schließlich ist die Weite der Galaxis, darüber hinaus des gesamten Universum, groß genug, um der kabarianischen Unterdrückung zu entgehen.

Im gewissen Sinne bewunderte ich sogar das geordnete System des gewaltigen Sternenbundes, andererseits würde ich mich niemals dort hineinpressen lassen.

Immerhin existierte der Bund von Kabar mittlerweile seit über 250.000 Jahren atalantischer Zeitrechnung (etwa Erdenzeit). Diese Stabilität war bemerkenswert, wenn man andere Reiche gegenüber stellt.

Im gesamten Zusammenschluss der 263 Sternensysteme herrschte Frieden, von kleineren Reibereien abgesehen. Unsere Rebellen hatten dies zwar mit einer „Grabesruhe" verglichen aber zumindest waren die Wesenheiten in ihrem Dasein ums Überleben oder im Gelebtwerden relativ gesichert.

Es zeichnete sich tatsächlich ab, dass das kabarische Miteinander über kurz oder lang in Apathie versinken wird. Vermutlich eher später als früher. Für uns jedenfalls zu spät!

Wie wir vermuteten, konnten die Puppenwesen der Eliten sich zwar körperlich beliebig reproduzieren, doch nach unserer Erkenntnis verlor ihr geistiges Potenzial ständig ein wenig.

Im Laufe der Zeit geschah dies immer schneller.

Auch deren zunehmenden Ängste, Schmerzen und Verluste hinderten diese seltsamen Individuen daran rein geistige Wesen zu sein, zu werden oder zu bleiben.

Mitglieder der Eliten waren sogar einmal daran interessiert, per Spiritueller Rückführungen an altes Wissen und an Fähigkeiten wieder anzuknüpfen. Dies hat jedoch nur bedingt funktioniert.

Der Intellekt der Puppen war offenbar irgendwie mit einer sehr starken geistigen Mauer versehen.

Diese ließ lediglich eine Rückkehr in die nahe Vergangenheit zu. Der genaue Zeitpunkt und die näheren Umstände ihrer Flucht (!?!) vor den Schattenwesen blieb dadurch weiterhin im Dunkel.

Ich meinte sogar provokativ: „Vorher haben diese Wesenheiten nicht existiert!".

Zumindest nicht als das, was sie jetzt waren oder zu sein schienen beziehungsweise vorgaben zu sein.

Unter anderem aufgrund ihrer Degeneration hatten sie auf unsere besten Köpfe, als Führungspersönlichkeiten, zurückgreifen müssen.

Uns, den Druiden des TAO, wurde allerdings strikt untersagt, Spirituelle Rückführungen auf anderen Planeten im Sternenbund, an anderen Wesen als den Atalantern, durchzuführen.

Die Elite von Kabar fürchtete ganz offensichtlich die Auswirkungen solchen Maßnahmen. Den Lebewesen hätte nämlich bewusst werden können, dass sie mehr als nur einfache Lebewesen waren.

Als frei denkende oder gar völlig freie Geistwesen hätten sie erkennen dürfen oder müssen, in welch einengendem System von psychosozialen Fallen sie schon so lange festsaßen.

Noch auf dem Weg zum Ordenshaus übermittelte ich meinen beiden Freunden die Quintessenz aus dem, was mir soeben eingefallen war. Beide stimmten mir sofort zu. Auch ihre Vorstellungen gingen in die gleiche Richtung.

„Kann es sein, dass diese Überlegungen nicht nur die unseren sind? Ich habe das unbestimmte Gefühl, hier hat Everin ein wenig mitgemischt.", Darkon sprach aus, was auch Vasilio und mich bewegten.

Unsere telepathische Übereinstimmung war wieder einmal ganz wunderbar. Wir schwammen regelrecht in den Gedanken der jeweils anderen.

Das war einer der Gründe, weshalb wir zur Bildung der Triade ausgewählt wurden.

Das Ordenshaus in den Bergen war ein überwiegend in den Fels gehauenes Bauwerk. An die Parkanlage vor dem Komplex war der Parkplatz angeschlossen, auf dem wir unseren Schlitten parkten.

Wir stiegen die breite Treppe hinauf, die 41 Stufen zum Eingangsportal. Das Tor stand weit offen und ließ den Blick zu, in die Tiefe des Berges hinein.

Aus einiger Entfernung entstand der Eindruck, als würde ein langer, gerader Gang direkt in das Herz des Berges führen. Dies war jedoch lediglich eine optische Täuschung, hervorgerufen durch Spiegel und spiegelnde, glattpolierte Flächen.

In Wirklichkeit endete der Gang bereits nach wenigen Metern. Dort war der eigentliche Eingang ins Gebäude. Die dunkle, fast schwarze Türe fügte sich geradezu unsichtbar, seitlich in einen ähnlich gestalteten Hintergrund.

Wir betraten die Räume des Hauses. Die Bereiche wurden allesamt über raffiniert angebrachte Spiegelkonstruktionen ausgeleuchtet.

Hier herrschte lebendiges Treiben. Es war gerade Pause im Schulungsbereich.

Die Studenten liefen oder saßen überall herum. Als wir vorübergingen, wandten sich uns die Köpfe zu. Wir begegneten fragenden, besorgten Gesichtern.

Unser Ausdruck blieb weitgehend neutral. Wir wollten aber auch nicht zu sehr so tun, als wäre alles in bester Ordnung.

Schnell strebten wir dem internen Bereich des Ordenshauses zu, um dort mit den derzeit anwesenden Druidorix des „Inneren Kreises" zusammenzutreffen.

Weitere Druidorix waren außerhalb unterwegs und betreuten andere Missionen.

Auf unserem Weg schlossen wir uns bereits mit allen Brüdern und Schwestern telepathisch zusammen. So wussten sämtliche 2017 Druidorix, derer des „Inneren Kreises" (insgesamt 13) sowie unserer Schwestern und Brüder im gesamten System von Atalant, schon Bescheid über den aktuellen Stand, ehe wir bei den hiesigen Druidorix ankamen.

Acht Druidorix, fünf Frauen und drei Männer, erwarteten uns. „Hallo, ihr Lieben!"

Der herzliche Empfang widersprach eigentlich der prekären Situation in der sich Atalant befand.

Davon wussten nur wir Druidorix jetzt mehr als all die anderen Bewohner von Atalant.

Doch wir versuchten einfach den Spielverlauf zu konfrontieren. Wir beschönigten nichts, dramatisierten aber auch nicht. Immerhin lagen die Spielregeln klar auf dem Tisch, diktiert von Kabar.

Wir wussten zudem, die Elite von Kabar wendete keine unfairen Hinterhältigkeiten an.

Ihr keineswegs überhebliches Machtbewusstsein war einfach zu ausgeprägt. Also brauchten wir uns auch nicht besonders davor zu wappnen.

Immerhin war unser Joker im Spiel gerade dabei eine Lösung zu erarbeiten. Everin würde hoffentlich selbst uns überraschen.

Alle elf Druidorix begaben sich schon bald, in einmütiger Übereinstimmung, in einen Raum, sehr tief im Inneren des Berges.

Ohne große Worte waren wir uns absolut einig: Wir konnten und wollten nicht untätig bleiben.

Irgendetwas oder irgendjemand führte unsere Schritte, wir ließen es geschehen.

Ein langer Gang führte verwinkelt in die Tiefe, geteilt durch mehrere schwere Tore.

Der Boden glänzte rötlich-schwarz. Er bestand aus Granitgestein. In ihm waren gelb-orange Linien eingearbeitet, die eine „Blume des Lebens" darstellten. Die tiefschwarzen Wände bildeten eine nach oben gerundete, schließlich spitz zulaufende Kuppel.

Im oberen, spitzen Teil glänzte der Stein nachtblau, mit goldenen Einlagen die wie Sterne wirkten.

Wir gruppierten uns in der Mitte einer in den Fels gehauenen, großräumigen Höhlung.

Hier war die Energie zur Mentalen Kommunikation, beispielsweise mit den freien Geistwesen, besonders stark und für uns leicht zugänglich.

Wir trugen jetzt jeder seinen persönlichen Ritualumhang und stellten uns in die Mitte des Rundes. Gleichmäßig verteilten wir uns auf dem Blumensymbol.

Mein Umhang war aus dunkelbraunem Wollstoff. Er war ganz schlicht gehalten. Lediglich die goldene Drachenschnalle am Hals fiel etwas auf.

Mir gegenüber stand Carollina, in einen violettblauen Seidenumhang gehüllt. Über der Brust wanden sich zwei goldene Schlangen zu Spiralen. Ihre Halsschließe hatte ebenso die Form zweier Schlangen, die sich gegenseitig in den Schwanz bissen.

Besonders auffällig war der Umhang von Barbina. Sie trug ein Gewand mit überwiegend lila Farbtönen, von ganz hell bis fast schwarz. Jedoch schillerten bei jeder Bewegung und im rechten Licht, grüne, gelbe und rotbraune Schattierungen. Ihr Verschluss bestand aus einem Material das ebenfalls, je nach Lichteinfall, seine Farben änderte. Der raffiniert gefertigte Umhang vermittelte den Anschein eines lebensechten Regenbogenfalters.

Diese Umhänge trugen wir nur zu besonderen Gelegenheiten. Ihre rituelle Besonderheit ließ sie für uns zu einem geradezu magischen Objekt werden.

Wir hatten mit der Macht unserer Gedanken, jeder in seinen eigenen Umhang, den Zauber des Außergewöhnlichen imaginiert.

Unsere Umhänge wurden die meiste Zeit verschlossen aufbewahrt. Zu diesen Schränken besaßen nur wir Druidorix das jeweils eigene Schlüsselsymbol.

Für andere Atalanter waren sie einfach nur interessante Kleidungsstücke.

Wir bildeten den Ritual-Kreis, während wir uns an den Händen fassten und sehr, sehr ruhig wurden. Das Gefühl der Zusammengehörigkeit wuchs beständig.

Bald lösten wir uns behutsam von unseren Körpern, jeder auf seine Art und Weise.

Wir überließen die Körper sich selbst. Dies stellte für die trainierten Bioeinheiten kein Problem mehr dar. Sie hatten es schon oft und oft erlebt. Ihre Lebensfunktionen litten mittlerweile nicht mehr.

Sie schalteten einfach auf Sparflamme und standen in einer Ruheposition weiterhin für uns bereit.

Jetzt galt es den Verstand davon zu überzeugen, dass auch er loslassen sollte. Störrisch wie er oftmals reagierte, mussten wir ihn, jeder den seinen, einfach neutralisieren.

Mit der Hilfe von meditativer Trance umgingen wir sein ständiges Bedürfnis, die erste Geige spielen zu wollen.

Dabei musste dieses ausgezeichnet analytisch arbeitende, energetische Konstrukt überzeugt bleiben, dennoch für den weiteren Ablauf des Geschehens überaus nützlich zu sein.

„T.AaOooo, T.AaOooo, T.AaOooo, ...", in unser aller Gedanken entstand, ohne ein gesprochenes Wort, übereinstimmend das Bild eines strahlenden Strudels. „T.AaOooo, T.AaOooo, T.AaOooo, ...", der Strudel nahm uns auf, einte uns mehr und mehr.

In tiefer Trance-Meditation gingen wir gemeinsam auf die Reise. Wir gewannen jetzt den Eindruck, ein einziges, großes Wesen zu sein, das lediglich mit elf einzelnen Aspekten unterwegs war.

Im friedliebenden Kreis der Resonanzen schwangen wir uns entgegen und umkreisten einander. Hierbei stärkte uns die Erkenntnis, unserem Ursprung in TAO ganz nah zu sein.

In einem herrlichen Wirbel aus verschiedenfarbigen Energien stiegen wir auf und verließen den Planeten.

Indem wir unser Miteinander vereinten, gewannen wir die Kraft überlichtschnell, gedankenschnell durchs All zu gleiten.

Wir ließen das System Atalant mit seinen zwei Sonnen hinter uns. Immer schneller werdend streiften wir an fernen Sternen vorbei.

Noch bewegten wir uns durch den Einflussbereich vom Sternenbund Kabars.

Bewusst suchten wir nun das Befehlszentrum der Eliten. Die in ständiger Bewegung befindliche Raumstation war nicht einfach zu finden.

Mit dieser Aktion beabsichtigten wir Everin zu unterstützen. Deshalb sandten wir miteinander einen gemeinsamen telepathischen Ruf an ihn.

Schon bald vernahmen wir seine geistige Signatur. „Seit gegrüßt, Ihr leichtsinnigen Wesenheiten." Everin sandte uns das Gedankenbild mit einem Lächeln. „Ich finde es ganz lieb und nett, dass Ihr Euch auf den Weg begeben habt, um mir behilflich zu sein. Doch seit versichert, ich bin der Lösung bereits ganz nahe."

Wir fragten wie mit einer Stimme: „Kann es sein, dass doch nicht alles so heiß gegessen wird, wie es gekocht wird?" „Ganz recht, es gibt Mittel und Wege, um selbst die schlimmsten Situationen abzumildern." Everin schickte ein beruhigendes Gefühl.

„So kehrt also heim und erwartet den nächsten Zug im Spiel.", empfahl Everin.

„Übrigens, die Befehlszentrale der Puppen ist zur Zeit außerhalb Eures Wirkungsbereiches. Ihr geht nur ein unnötiges Risiko ein, wenn Ihr dorthin eilen wollt. Lasst Eure Körpereinheiten nicht zu lange allein."

Everin hatte natürlich recht uns zu warnen. Je weiter wir uns von den Körpern entfernten, umso schwieriger wurde es die Verbindung zu halten.

Letztlich hätten wir wir den imaginären Faden ganz verlieren können. Was weniger für uns geistige Wesen, als vielmehr für die fleischlichen Bioeinheiten ein Desaster gewesen wäre.

Deshalb machten wir jetzt kehrt und nahmen Kontakt zu den Körpern in der Grotte auf. Allerdings nicht ohne noch ein wenig als freies Wesen im All umherzustreifen.

Anscheinend oder ganz offenbar wurde unser Weg von TAO, dem Göttlichen Ursprung, geführt, damit wir selbst jetzt noch etwas dazulernen konnten.

So studierten wir ganz nebenbei, wie sich eine große gelbe Sonne in ihrem natürlichen Zyklus aufblähte und dabei ihre Planeten verschlang. Es war ein ähnliches Szenario, wie es fremdgesteuert bei Atalant ablaufen sollte.

Die Zeit wurde total unwichtig, während uns das Geschehen in seinen Bann zog.

Tatsächlich schrumpften Tage, Wochen, Jahre, vielleicht Jahrtausende oder sogar Jahrmillionen zu wenigen Minuten.

Die Dramatik im Ablauf war kaum zu überbieten. Nur war dies hier ein völlig normaler Vorgang im universalen Wandel.

Auf den Planeten, 14 an der Zahl, und auf deren Monden herrschte das pure Chaos.

Die Protuberanzen der sich entwickelnden Sonne leckten an den Himmelskörpern, ließen zuerst die Atmosphären verdampfen, die Krusten wurden trocken und rissig, bevor auch sie verdampften.

Die Planeten und Monde wurden sodann von der Macht ihrer Sonne überwältigt. Sie hörten auf eigenständig zu existieren. Der immer heller gewordene Stern schluckte ihre gesamte Masse.

Die überwiegend primitiven Lebensformen konnten sich nicht retten. Ihre pflanzlichen oder tierischen Körper garten in der höllischen Hitze, gingen schließlich in Flammen auf.

Jedoch ihre geistige Substanz wurde vom Kosmos des Geistes schützend aufgenommen.

Sie entflohen im Schoße der allumfassenden Geistigkeit dem Fiasko.

Andere Lebewesen, die so genannten Intelligenten, hatten sich der Technik anvertraut.

Raumfahrzeuge wurden gebaut, noch in der Zeit während die Sonne erstmals verrückt spielte.

Damit versuchten viele von ihnen aus dem Sonnensystem zu entkommen.

Zuletzt schoss eine riesige Flotte von stählernen Särgen davon, hinaus in die schwarze Tiefe.

Die Antriebssysteme waren beim Start allerdings nicht mehr oder noch nicht reif genug, für einen Flug zum nächsten bewohnbaren Planeten.

Schon bald wurde die tödliche Kälte in der Einsamkeit des Alls von den weit ausgreifenden, wabernden Hitzewellen abgelöst. Das Ende einer technisierten Zivilisation nahte.

Das Sonnenwesen selbst genoss das Geschehnis als etwas Wunderbares im Zyklus seines Lebens.

Es blähte sich zu einem Roten Riesen auf. Seine Leuchtkraft steigerte sich enorm. Im Hochofen des hyperaktiven Sterns wandelte sich Wasserstoff mit zunehmendem Tempo zu Helium.

Bei der Entwicklung zum Roten Riesen ging der Wasserstoffvorrat im Kern zur Neige, damit versiegte dort auch die Energieproduktion.

In der bisher inaktiven Wasserstoffhülle setzte nun die Kernfusion zu Helium ein.

Durch dieses Wasserstoff-Schalenbrennen trieb es die Hülle des Sterns nach außen.

Der Stern wurde in diesem Stadium ein gelber Unterriese. Sein Radius wuchs dabei etwa um das doppelte an.

Von nun an beschleunigte sich das weitere Geschehen erheblich.

Das Zusammenwirken von hoher Leuchtkraft und geringer Oberflächenschwerkraft ließ nun auch den Masseverlust durch Sternenwind drastisch anwachsen. Der Stern dehnt sich schließlich weiter aus und wurde nun zu einem Roten Riesen.

Der nächste Abschnitt würde entweder die Verwandlung in einen weißen Zwerg oder die Entstehung eines schwarzen Loches sein.

Der Stern selbst sah dem erwartungsvoll und gespannt entgegen. Der Wesenszustand der Sonnen hatte nämlich mit dem der Lebewesen nichts, überhaupt nichts gemeinsam.

Ihre Verbindung zum Göttlichen Ursprung war wesentlich älter und von ganz anderer Art, als diejenige von kurz- und schnelllebigen Lebensformen.

Wir begriffen nun, aus dem unmittelbar Erlebten heraus, handfest die Wichtigkeiten im Kosmos sowie im Universum.

Dieses Erkennen mit allen seinen Wahrnehmungen gab uns unsere Leichtigkeit des Seins zurück.

Das „Große Spiel" geht garantiert weiter, egal was in der Zwischenzeit geschehen mochte.

Mit einem herzlichen Gruß lösten wir uns von dem euphorisch gewordenen Stern. Wir wurden zugleich auch aus dem in der Zeit gerafften Zustand entlassen.

Auf dem Weg, zurück in den Tempel auf Atalant, lauschten wir der Musik des Universum.

Pulsierendes Rauschen schwoll an, wurde schwächer und kam mit Macht wieder.

Ferne Quasare schlugen energische Trommelwirbel dazu. Sterne mit ihren kreisenden Planeten sangen einen Chor der Sirenen.

Diese sphärische Musik drang in unseren gemeinsamen Geistkörper ein und ließ ihn mitschwingen.

Tanzend ließen wir uns treiben. Wir pulsierten, wir sangen mit, wir schwammen dahin, genossen die Leichtigkeit des Seins im Strom der Klänge.

Voller erhabener Gefühlsregungen übernahmen wir wieder unsere Biokörper in der Tiefe des Berges.

Die Körpereinheiten wurden beim Zusammentreffen intensiv durchgeschüttelt. Ihre Lebendigkeit wurde spürbar.

Unsere Hände lösten sich voneinander. Wir gingen alle erschöpft aber beglückt in die Knie. So kniend berührten wir mit zunehmender Bewusstheit den kühlen Steinboden.

Jeder ertastete zur Bewusstwerdung sowohl die Temperatur, als auch die Beschaffenheit des uns umgebenden Materials. Das Hier und Jetzt der Kuppel hatte uns wieder.

Unmittelbar nachdem wir wieder angekommen waren, informierten wir die anderen Druidorix, über das Ergebnis der Reise.

Darkon nahm geistig die Verbindung auf: „Freunde, bitte habt keine Sorge. Everin ist zuversichtlich und er ist dabei eine Lösung für unser Problem zu finden. Wir konnten zwar nicht behilflich sein, doch nun können wir alle Ruhe bewahren."

„Hat Everin erklärt, wann wir mit seiner Hilfe zu rechnen haben?", fragte Nadinkola. „Nein meine Liebe. Lasst uns einfach die Zeit abwarten. Für Everin gehört auch sein Part einfach zum Spiel. Offenbar, so wie er in uns den Eindruck erweckt hat, behält er souverän die Kontrolle. Auch gegenüber oder mit unseren Gegenspielern scheint Everin eine klare Linie zu fahren."

„Ich bin zuversichtlich!", warf Rainier ein: „Den Spielgedanken aufrecht zu erhalten ist in diesem Falle ausgesprochen schwierig, wenn man selbst so heftig betroffen ist." „Ich bin gespannt, wie das Ergebnis ausfallen wird.", Dunkan strahlte Ruhe aus.

Als Everin sich bei mir meldete, lagen meine Freunde Darkon und Vasilio in tiefem Schlummer. Ich hatte noch ein wenig meditiert und war dazu nach draußen in den Park gegangen.

Meine Übungen mit Scutilon-TaiChi ließen sich am besten im Freien durchführen.

„Hallo Gunar, sei gegrüßt! Ich habe Nachricht für Euch. Kannst Du bitte Deine Kollegen wecken. Ich will mich nicht in ihre Träume einmischen."

Sofort eilte ich ins Ordenshaus. Die Triade und die anderen Druidorix versammelten sich kurz darauf in einem der Konferenzräume bei der Bibliothek.

Everin sandte ein sehr zuversichtliches Signal (im übertragenen Sinne würde ich gesagt haben, er machte ein entsprechendes Gesicht). Wir waren gespannt darauf, was nun kommen sollte.

Obwohl er auf dem telepathischem Wege die Information auch wesentlich schneller hätte übertragen können, begann Everin zu erklären: „Ich muss ein wenig ausholen. Wie Ihr wisst, habe ich mich mit der problemgeladenen Spielsituation in seiner Gesamtheit befasst.", er machte es wirklich spannend: „Ich begann damit die Grenzen abzustecken, dann die Gegnerschaft zu analysieren und zugleich die Regeln sowie das Ziel des Ganzen zu ergründen. Die Grenzen ergaben sich aus dem unmittelbaren und übergreifenden Einflussbereich des Sternenbundes Kabar. Eine direkte, auf Vernichtung angelegte Gegnerschaft konnte ich allerdings nicht feststellen. Jedoch legte die Elite der Kabarer Regelungen fest, deren Sinn nicht so ohne weiteres einsehbar waren."

Everin legte eine Denkpause ein, um uns Gelegenheit zu geben eigene Folgerungen aus der Mitteilung zu ziehen.

Thurstan, unser ältester Druidorix, meldete sich zu Wort: „Wenn ich Deine Aussagen richtig deute, so würde noch Verhandlungsspielraum bestehen, sobald die Regeln umgangen werden könnten!"

„Sehr richtig! Das Regelwerk ist der Knackpunkt. Deshalb habe ich einige Aspekte von mir ausgesandt, um deren Veränderlichkeit zu prüfen. Wir setzten bei deren Begründern an. Zuversichtlich, wie wir nun einmal sind, ließen sich meine Aspekte, ich nenne sie Brüder und Schwestern meiner selbst, etwas einfallen, den Wahnsinn zu stoppen und einem relativ brauchbaren Sinn zuzuführen."

„Heißt das, Deine Aspekte versuchen die Elite davon zu überzeugen, dass ihr Urteil keinen Sinn ergibt?", mir schwirrte der Kopf, bei dieser interessanten Variante im Spiel.

Ich versuchte mit bildhaft vorzustellen, was Everin und seine Abspaltungen vorhaben könnten.

Die Auflösung des Rätsels erfolgte unmittelbar: „Gunar, Du besitzt einen scharfen Verstand. Ich empfange Deine Überlegungen und kann Dich nur darin bestätigen. Soeben sind zwei Wesenheit von mir dabei, die Elite geistig zu verunsichern.

Die ausgesandten Qualitäten befassen sich mit „Zweifel" und „Umdenken". Ihre stärkste Waffe ist die "Hoffnungslosigkeit" bei dem Gedanken, wirklich wichtige Verbündete zu verlieren.

Als nächstes wird „Kompromiss" als Denkmuster gesät. Das Spiel gefällt mir. Ich habe schon lange kein so spannendes Geschehen mehr erlebt."

„Danke, für Deine Anteilnahme.", Ironie schwang mit, als Barbina dies äußerte. Aber selbstverständlich meinte sie es nicht so.

Ihr breites Lächeln verriet, dass sie Everin voll und ganz verstand: „Wäre ich an Deiner Stelle, würde der Spielverlauf mich ebenso aufmuntern. Ich teile also Deine Sichtweise. Du gehst sehr schlau und umsichtig vor."

„Hoffentlich riechen die Puppen nicht Lunte.", gab Rainier zu bedenken.

„Keine Sorge! Meine Aspekte dringen nicht in das Denken der Eliten ein.

Sie verbreiten lediglich die entsprechenden Emotionen im energetischen Schwingungsfeld.

Dabei können sie die Intensität steuern, stärker und schwächer werden lassen."

„Das ist eine hochinteressante Vorgehensweise.", warf Dunkan ein: "So ähnlich funktioniert auch die Verbreitung von Unsicherheit und Angst, bis hin zur Panik durch die Psychomanias (Manipulatoren) der Kabarer. Diese Burschen arbeiten allerdings komplizierter. Sie streuen beispielsweise verunsichernde Informationen über die Medien unter die Leute."

„Ja, das ist richtig, mit diesen Tricks werden auch allerlei Sachen und angebliche Wahrheiten verkauft, die sonst kein Lebewesen braucht oder glaubt. 'Marketing' sagen sie dazu, glaube ich. Ein ganz besonderes, ausgeklügeltes System der Propaganda.", bemerkte Nadinkola.

„Völlig richtig!", so Everin. "Meine Ichs betreiben derzeit unterschwellige Propaganda, indem sie die Puppenwesen gezielt verunsichern. Das Ergebnis soll die Fragestellung sein: Was haben wir davon, die Atalanter auszulöschen?"

„Na denn, lasst uns noch etwas in Geduld üben. Oder was können wir eventuell zum Gelingen beitragen?", meldete sich Adhiria zu Wort.

„Genau! Jetzt kommt Plan zwei ins Spiel. Ihr Atalanter seid jenen Kabarern, allen Kabarern, geistig mehr als eine Nasenlänge voraus. Ihr habt verinnerlicht was der Sinn im Kosmos sowie im Universum tatsächlich ist: Das „Große Spiel" mit all seinen Facetten. Ob Druide oder einfach Bürger von Atalant, Euch kann keiner einfach nur mal so mit Vernichtung drohen.

Ihr wisst, habt es oft genug erlebt, die Wiedergeburt wird zur Befreiung, auch wenn man Euch mutwillig Eurer Körper beraubt. Dies wissen mittlerweile auch die Eliten von Kabar.

Sie fürchten Euch als freie Geister sogar wesentlich mehr.

Euer körperliches Dasein ist ihnen daher sehr willkommen.

Lediglich die in ihren Kristallen gefangenen Wesenheiten fristen im Moment ein bedauerliches Dasein. Doch auch das hat bald ein Ende.

Die Eliten ahnen bereits, dass auch die Kristalle Euch auf Dauer nicht beeindrucken können.

Ihre Technologie ist, zu ihrem eigenen Bedauern, noch nicht oder nicht mehr ausgefeilt genug, viele von Euch in Kristallen zu konservieren. Sie brauchen Euch besser als lebendige Wesen.

Mehr denn je, wenn wir, das heißt all meine Aspekte, mit ihnen fertig sind.

Deshalb, nehmt nochmals Kontakt auf und macht ihnen beispielsweise so ein Angebot:

'Wir stellen dem kabarischen Sternenbund eine hochrangige Delegation zur Verfügung, als Berater oder so.

Den übrigen Atalantern, die nicht bleiben wollen, soll eine Raumflotte zur Verfügung gestellt werden. Die Schiffe müssen alle in der Lage sein diese Galaxis verlassen zu können und den großen Sprung bis zu einer Nachbargalaxis zu schaffen.'

Ich bin überzeugt, damit beeindruckt Ihr die Eliten enorm. Als Ergebnis sollte herauskommen, dass sie Atalant in naher und auch in ferner Zukunft unbehelligt lassen.

Ihnen muss einfach deutlich werden, wie wichtig Euer Hiersein ist, als ausgleichender und zudem belebender Faktor im Spiel der Kräfte, derer von Kabar und darüber hinaus.

Ohne Atalanter ist der Sternenbund von Kabar zum tödlich wirkenden Stillstand in Unveränderlichkeit verdammt.

Denn das wissen die Eliten genau: Stillstand ist die erste Stufe auf dem Weg zum Rückschritt."

Ein verwegener Plan

Gesagt, getan! Diesmal umgingen wir die Diplomaten Skelkar Inosol und Dawanka Elmuid. Wir wollten mit den Eliten, den Puppen, direkt verhandeln und unser Angebot unterbreiten.

Dazu nutzten wir das Wissen von Everin, der die genauen Koordinaten und sogar den Weg des Befehlszentrums kannte. Unser neuestes und schnellstes Sternenschiff sollte direkt dorthin aufbrechen. Im Gegensatz zu den Puppen scheuten wir Atalanter uns nämlich nicht vor dem Neuen.

Unsere Ingenieure experimentierten ständig und tüftelten an verschiedenen Erfindungen.

Die beiden Diplomaten holten wir uns gerade deshalb an Bord des ganz neuen Prototypen. Sie sollten mit eigenen Augen sehen und bezeugen wozu wir fähig waren.

Im Schiff befanden sich insgesamt nur sieben Besatzungsmitglieder und zudem die beiden Diplomaten. Schließlich wollten wir den Eliten nicht drohen, sondern nur mit ihnen sprechen.

Neben uns drei Druidorix von der Triade, mir, Darkon und Vasilio, flogen noch vier besonders begabte Atalanter mit:

Erwan der Emphat, er konnte Gefühle empfangen und deuten, Marmuk der Gigant, er konnte ein mächtiges Energiefeld erzeugen, das sowohl ein wehrhaftes Schutzschild, als auch eine tödliche Waffe war, Dessa die Laserfrau, über ihre Augen verbreitete sie Hitzewellen und mit ihren Fingern konnte sie Stahl schneiden, Sandura die Herzliche, sie sandte ein Feld von unendlicher Liebe und Mitgefühl aus, beeinflusste damit Lebewesen in ihrer Umgebung.

Das Sternenschiff hatte die Form einer stark zusammengedrückten Kugel, mit einem langen, stumpfen Stachel am unteren Ende.

Seine geringen Maße, von etwa 60 Meter im Durchmesser und 110 Meter in der Höhe (ins Irdische übertragen), wirkten auf die Kabarer sicher nicht bedrohlich.

Jegliche Bewaffnung wurde vorerst einfach deaktiviert. Somit konnte sie nicht geortet werden. Dafür verfügte es über besonders leistungsfähige, neuartige Schutzschirmgeneratoren. Außerdem war das Schiff mit einem Antriebssystem versehen, das es extrem beweglich und hyperschnell machte.

Gesteuert wurde das Schiff von einem biotischen Computer, der sogar Anspruch auf eine Persönlichkeit erhob. Deshalb trug er mitsamt seinem Schiffsrumpf den Namen: BoC, was soviel wie Bordcomputer oder Biocomputer oder auch etwas ganz anderes heißen konnte.

BoC bekam von Everin die genauen Koordinaten der Raumstation.

Nachdem wir Druidorix, alle 2017 Druidorix, im Ordenshaus sowie im System von Atalant, untereinander telepathisch Kontakt aufgenommen hatten, um uns dauerhaft zu verbinden, begaben sich Darkon, Vasilio und ich an Bord des Sternenschiffes Boc.

Durch den intensiven Kontakt wussten alle Druidorix unmittelbar Bescheid über die nun folgenden Geschehnisse, ohne jeglichen Zeitverlust.

Entfernung und Zeit spielten im Geistigen sowieso keine Rolle.

BoC begrüßte uns mit: „Seid gegrüßt, Edle von Atalant!"

Diese hochgestochene Floskel entnahm er vermutlich einem Programm, das ihm seine Schöpfer
beigebracht hatten. Die müssen viel Freude daran
gehabt haben.

Um nicht unhöflich zu wirken grüßte ich zurück:
„Hallo BoC, schön mit Dir fliegen zu dürfen."

Konnte ich vielleicht spüren wie sich die Biomas-
se unseres Schiffsgehirns bestätigt fühlte und uns
wohl gesonnen war?

Wir sollten uns noch sehr wundern, was uns hier
tatsächlich begegnete.

Wir durchschritten einen kurzen Gang. Halbrund
wölbte sich die Decke.

Energetische Barrieren lösten sich auf, erlaubten
den Blick zur Zentrale.

BoC stellte uns dort, für jeden von uns angepass-
te Sitzgelegenheiten zur Verfügung.

Sogar für Marmuk, den mächtigen Giganten, gab
es einen speziellen Sessel.

Das weiche, gallertartige Material schmiegte sich
um unsere Körper. Es schützte selbst bei extremen
Manövern perfekt.

Wir fühlten uns angenehm umhüllt und gebor-
gen, zumal der Sitz sich ebenso unserer gewünschten
Körpertemperatur anpasste.

Lediglich die Diplomaten von Kabar kamen sich
etwas verloren vor. Schließlich sollten sie einfach nur
Zeugen unseres Tuns werden. Damit waren sie zur
Untätigkeit verdammt.

BoC ließ uns alle einen weiten Panoramablick ge-
niessen. Er gestaltete dazu den energetischen Bildschirm, in der Kuppel über der Zentrale, durchsichtig
wie ein Fenster.

Wir sahen den Start des Schiffes in allen Phasen. Erst hoben wir vom Raumhafen ohne jedes Geräusch und ohne großes Tamtam ab. Ruhig schwebten wir zu den Wolken und darüber hinaus. Wir schossen in den Weltraum hinaus. Jegliche Beschleunigung wurde von den speziellen Energiefeldern aufgefangen.

Uns blieb nur der grandiose Blick ins All und andererseits zurück auf den Planeten, der uns gerade losließ. Seine Schwerkraft hatte keinerlei Einfluss auf das Sternenschiff.

Die Antigravitationstechnik war für uns Atalanter alltäglich geworden.

Die eigentliche Reise begann, sobald wir den äußersten Planeten des Sternsystems Atalant passiert hatten.

Dort mussten wir, langsamer werdend, vorbei an Hylion. Hier wurde unsere Registrierung abgeschlossen. Der kleine Hylion war unser Wächterplanet. Die Besatzung warnte das System vor unliebsamen Eindringlingen.

Seine Bahn befand sich sehr weit draußen. Dadurch hörten für die Besatzung und für die Instrumente so gut wie alle Störimpulse des Systems auf.

Die „Augen" und „Ohren" von Hylion, hochempfindliche und präzise Ortungseinrichtungen, reichten enorm weit in die Schwärze des Alls hinaus.

Wir konnten damit weit in den Sternenbund von Kabar hineinlauschen. Selbst als geheim eingestufte Mitteilungen blieben uns manchmal nicht verborgen.

Bisher konnten wir allerdings noch nicht herausfinden, ob den Kabarern die Fähigkeiten der technischen Gerätschaften auf Hylion bekannt waren.

Jedenfalls hinterließ BoC hier obligatorisch seine Signatur.

Dadurch konnte er beziehungsweise das Sternenschiff jederzeit auch in weiter Ferne aufgespürt werden, soweit es die Möglichkeiten von Hylion zuließen.

Kaum hatten wir das System vollständig verlassen, beschleunigte BoC mit Hyperpuls.

Gleich darauf bekamen wir anscheinend doch noch ein wenig von den Beschleunigungskräften zu spüren.

Doch BoC klärte uns, ebenso die beiden Diplomaten, auf, als hätte er Gedanken gelesen:

„Werte Herrschaften, was Sie soeben zu spüren bekamen war der Umwandlungsprozess vom so genannten Hyperraum zur Parasphäre. Sie alle, ebenso wie ich, haben jetzt den Sprung eingeleitet, um wesentlich schneller im Zielgebiet anzukommen. Dies ist eine enorme Verbesserung gegenüber der herkömmlichen Technologie."

Die Eliten von Kabar würden uns für diese Veränderungen hassen.

Deren Technik hatte sich seit ihrem Erscheinen im Sternenbund kaum verändert, geschweige denn verbessert.

Dies lag sicherlich auch daran, dass ihr ursprünglicher Wissenstand bereits weit über all dem stand, was die Kabarer damals zu bieten hatten.

Die Elite war peinlich darauf bedacht, neue Ideen nicht oder nur in äußersten Notfällen aufkommen zu lassen.

Daher war die Reaktion unserer beiden Diplomaten durchaus verständlich. Sie waren schockiert über die Worte von BoC. Mit offenen Mündern starrten sie uns an. Ihnen hatte es offensichtlich die Sprache verschlagen.

Es war als würden sie sagen wollen: „Was, Verbesserung?! Das darf doch gar nicht sein! Wie konntet Ihr Euch nur erdreisten?"

So oder so ähnlich hätten sie sagen wollen, taten es aber nicht. Statt dessen saßen sie etwas fahler als vorher in ihren Sesseln und harrten der Dinge die da noch kommen sollten.

Unsere Absicht hingegen war es, den beiden zu zeigen: Die Atalanter sind nicht von gestern. Unsere Fähigkeiten und unser Wissen können dem Sternenbund entweder die Stirn bieten oder mehr von Nutzen sein, als sich selbst die Elite vorzustellen vermag.

Während BoC mehr als nur dem Raum- und Zeitgefüge ein Schnippchen schlug, es sogar im so genannten Hyperraum überwand, versanken wir Druidorix in tiefe Trance.

„T.AaOooo, T.AaOoo, T.AaOoo, ...". Wir drei waren verbunden in gemeinsamer Übereinkunft und hoben uns geistig aus unseren Körpern heraus.

Als Einheit erkundeten wir die neue Umgebung. Wir brachten es tatsächlich fertig, auch in der Parasphäre zu existieren.

Es war als Experiment gedacht. Wir wollten einfach nur wissen: Wie wirkt sich das fremdartige Feld auf uns als Geistige Wesen aus? Wie fühlt sich diese Sphäre für uns an?

Noch befanden wir uns im Sternenschiff. Unsere Mitreisenden saßen zumeist bequem in ihren Gallertsesseln und dösten vor sich hin.

Die beiden kabarianischen Diplomaten hatten allerdings eher das Gefühl Gefangene zu sein. Ihre negativen Emotionen schwappten zu uns herüber. Wir mussten uns dagegen abschirmen.

Nun bewegten wir uns ein wenig zum materiellen Rand des Schiffes.

„Hallo!" Überrascht sahen wir uns um. In unmittelbarer Nähe nahmen wir eine Entität wahr.

Dieses Schattenwesen übermittelte uns ein Lächeln. „Es freut mich, Euch in meinem Dasein begrüssen zu können."

„BoC? Bist Du das?" „Ganz richtig! Diesen Namen trage ich jetzt für Euch. Ihr seid jetzt in meinem eigentlichen 'Lebensraum'. Wie Ihr unschwer erkennen könnt, ist die Parasphäre mein Wirkungskreis."

„Verstehe! Dann holst Du uns bei dem Manöver einfach herüber und lässt uns an Deinem Dasein teilhaben." „Genau! Eure Wissenschaftler haben eine geniale Leistung vollbracht. Ich bin allerdings nicht die Schöpfung dieser Meister. Doch ich habe mich dem technischen Werk angeschlossen, weil mich seine Realisierung reizt."

„Das heißt, Du bist in Wahrheit ein Geistwesen mit Forscherdrang."

„Ganz recht! So wie Ihr immer wieder in Fleischkörpern inkarniert, habe ich mir dieses Schiff als vorübergehende Heimat auserkoren.

Ich bin einfach dem Ruf der Wissenschaft gefolgt, beim Aktivieren des Lebens im ausgezeichneten Biocomputer. Insbesondere auf seinen wohlmeinenden Wunsch hin unterstütze Euch gerne, wenn es um das Überleben Eurer Rasse geht."

„Heißt das aber auch, dass die eingesetzte Technik gar keine echte Erfindung unserer Leute ist? Bist Du der eigentliche Schöpfer des Sternenschiffes?"

Lautloses Lachen erfüllte die Sphäre. „Nun ja, die materielle Hülle ist natürlich von den Atalantern. Alle Technologie, vom Biocomputer bis zum Hyperpuls sind Eure eigenen Errungenschaften. Jedoch der Parasphären-Antrieb, wenn Ihr ihn so bezeichnen wollt, braucht meine persönliche Unterstützung.

Ohne mein aktives Zutun würden wir immer noch in ziemlicher Nähe von Atalant herumschwirren."

„Aber dann hast Du doch eine ganze Menge Verantwortung übernommen. Du kannst nicht so einfach verschwinden, wenn es Dir nicht mehr passt."

„Stimmt! Doch genau das ist jetzt mein Spiel. Die Verantwortung für das Schiff und für Euch macht mich glücklich. Sie erfüllt mein Dasein mit Freude, weil ich weiß, einer guten Sache dienen zu dürfen."

„Sehr schön. Solche Verbündete wünschen wir uns. Also: Willkommen im Team!"

„Danke, Euch als Freunde zu haben, ist eine echte Bereicherung."

Nach diesen Worten trennten wir uns vorläufig wieder. Wir, die Druidorix, nahmen nach dieser Exkursion unseren Platz in den Körpern wieder ein.

Wir wussten jetzt, einer Besatzung im herkömmlichen Sinne bedurfte dieses Schiff nicht.

BoC beförderte seine Fracht weiter voran. Innerhalb einer unmessbar ablaufenden Zeitperiode kamen wir bis in die Nähe der Befehlszentrale der Eliten von Kabar.

Das Hauptquartier der Eliten hatte gerade seinen neuen Standort eingenommen. Die Puppen fühlten sich sicher. Im tiefsten Inneren der gigantischen Raumstation trafen sich die Chefs. Acht hochrangige Puppen, vier männliche und vier weibliche, bildeten den Hohen Rat.

Sie kamen zusammen, um abermals über die Zukunft von Atalant zu beraten. Es waren Zweifel aufgetreten, ob denn das Ultimatum wirklich nötig sei.

Irgendwie hatten alle acht Wesenheiten ähnliche Bedenken. „Zerstören wir dadurch nicht überlebenswichtige Ressourcen?"

„Ja, genau. Vielleicht brauchen wir die Atalanter doch noch!" „Stimmt! Und, alle wieder in Kristalle zu sperren gelingt uns sowieso auch nicht."

„Sicherlich rächen sich diejenigen, die wir nicht gleich erwischen. Ihr wisst, damals haben diese Freigeister versucht Kabar zu unterwandern und in Aufruhr zu versetzen."

„Die Atalanter fürchten weder Tod noch Teufel, geschweige denn den kabarianischen Sternenbund!"

Plötzlich schrillten Alarmsirenen! Schon seit ewigen Zeiten nicht mehr. Ein Wunder, dass sie überhaupt noch funktionierten. Ein Raumschiff näherte sich dem Befehlszentrum!

„Schirme hoch! Tarnmodus aktivieren!" Die Befehle kamen genauso aus der Mottenkiste wie die Töne der Sirenen.

Doch sie zeigten Wirkung. Innerhalb kürzester Zeit verschwand die gesamte Raumstation, sowohl für die Augen von Lebewesen als auch für alle bekannten Ortungssysteme.

„Verdammt, wo ist das Ding hin?", Marmuk, der Riese, sprang fast aus seinem Sessel.

Die Diplomaten von Kabar begannen wieder zu lächeln. Skelkar Inosol meinte: „So einfach scheint es doch nicht zu sein. Kann es sein, dass Ihr Euch ein wenig überschätzt habt?"

BoC nahm den beiden jedoch sofort den Wind aus den Segeln: „Keine Sorge, ich habe die Hauptzentrale noch immer unter Beobachtung. Seht, hier projiziere ich Euch ein Phantombild auf den Schirm."

Im Rundumbildschirm des Schiffes erschien ein Schattenriss der Raumstation, der immer mehr Konturen annahm.

Auch die anderen Aktivitäten, im Umfeld der Station, wurden deutlich sichtbar.

Eine Flotte von kleinen Robofightern startete. Es waren langgezogene Dreiecke mit einer nach vorne gerichteten Strahlenkanone.

Sie nahmen direkten Kurs auf das Sternenschiff. „Das ist unser aller Ende!", flüsterte Dawanka Elmuid entsetzt.

„Dazu müssen uns die Kleinen erst einmal erwischen.", BoC wirkte trotz der Bedrohung irgendwie vergnügt: „Das Spiel beginnt!"

Spätestens jetzt ahnten alle Besatzungsmitglieder, dass dieser BoC mehr war, als nur ein hochwertiger Biocomputer.

Mit einem nur kurzen Sphärensprung setzte das Schiff sich ab. Es übersprang die Raumstation und befand sich nun auf der anderen Seite des Giganten.

Sofort wendeten die Robofighter. Aufgrund ihrer hohen Geschwindigkeit brauchten sie allerdings einen ziemlich weiten Wendekreis.

Deren Problem bestand darin, dass sich fast die gesamte Roboflotte auf nur einen Punkt im All konzentriert hatte.

Somit war der Rücken der Raumstation für kurze Zeit fast völlig frei von den Verteidigern.

BoC manövrierte das Sternenschiff näher und näher an die mondgroße Station heran.

Wir ahnten, dass jetzt schwere Geschütze auf uns gerichtet wurden. Wie zur Bestätigung leckte ein Laser über die Abwehrschirme. „Das war der übliche 'Schuss vor den Bug'; kein sehr wirksamer Beschuss.", der Kommentar von Marmuk beruhigte die kabarischen Diplomaten nicht.

„Wir sollten anhalten und verhandeln.", meinte Dawanka Elmuid.

BoC war offenbar anderer Ansicht. Das Schiff drang immer weiter in die kritische Zone des Befehlszentrums ein.

Mittlerweile hatten die Puppen sicher gemerkt, dass ihre Tarnung bei uns nicht wirkte.

Dennoch hielten sie ihr Schutzfeld aufrecht. Wie aus dem Nichts kam der nächste Beschuss. Er war schon wesentlich intensiver.

Auch die Roboflotte begann nun uns einzukreisen. Unsere energetischen Abwehrschilde hielten jedoch alle Gefahren mit Leichtigkeit ab.

Den kabarischen Diplomaten entgleisten wieder einmal sämtliche Gesichtszüge. Mit soviel Unverfrorenheit hatten sie nun wirklich nicht gerechnet.

BoC entzog uns durch einen weiteren Sphärensprung allen Angriffen.

Plötzlich waren wir Lichtjahre vom Hauptquartier der Eliten entfernt. Das Schiff kreiste in einer engen Bahn um eine blaue Sonne, ein ausgezeichneter Ortungsschutz.

„Was habt Ihr vor?", brach es aus Skelkar Inosol heraus. „Seid Ihr von Sinnen? Wisst Ihr denn nicht mehr, dass Euch bald Eure Sonnen um die Ohren fliegen werden?"

„Na und!? Dann haben wir doch sowieso nichts mehr zu verlieren.", Darkon tat völlig unbeteiligt.

Innerlich musste ich verschmitzt lächeln. Doch nach außen blieben wir alle gleichgültig. Nur Marmuk hatte ein breites Grinsen im Gesicht.

Erwan der Emphat, der imstande war Gefühle zu empfangen, brachte zum Ausdruck was wir alle ahnten: „Die Puppen sind ganz schön in Verwirrung. So etwas ist ihnen noch nie geschehen. Als wir noch nah dran waren hab ich empfangen, was ich sonst nur bei Tieren wahrnehme, deren Bau gerade verwüstet wird."

„Du meinst, hier läuft ein Automatismus ab? Eher eine Überlebensreaktion als ein logisch analytischer Vorgang von höheren Lebewesen?"

„Genau. So als würde das gesamte Kollektiv auf-begehren. Eine gemeinschaftlich empfundene Angst überschwemmt sehr, sehr heftig den Verstand.

Wären wir noch ein wenig weiter eingedrungen, hätte ein übermächtiger Fluchtimpuls jegliche Vernunft ausgeschaltet."

Vasilio fragte: „Kann es sein, dass wir ganz alte Angststrukturen angestoßen haben? Solche wie zur Zeit der Flucht vor den Schatten?"

„Sehr richtig.", bestätigte Erwan. „Diese Angst muss ganz tief im Innern aller Puppen verankert sein. Sonst hätte nicht so eine emotionale Welle nach außen dringen können."

„Wovon sprecht Ihr, in aller Götter Namen?" Die Diplomaten waren verstört und begriffen gar nichts mehr. Was durchaus in unserem Sinne war.

„Seid beruhigt, wir wollen weder Euch noch den Eliten etwas Böses. Wir wollen nur unser Recht als lebende Wesen, unser Recht auf Überleben und ein bisschen mehr. Es geht einfach nicht, dass, egal wer, uns die Pistole auf die Brust setzt, uns damit tödlich bedroht."

„Aber der Sternenbund von Kabar hat nun einmal die Macht Euch alle auszulöschen. Diese Macht gibt dem Sternenbund von Kabar jedes nur erdenkliche Recht.", meinte Dawanka Elmuid.

„Genau davon spreche ich. Wie Ihr selbst seht sind wir keineswegs wehrlos. Wenn die Kabarer ihr Recht auf den Lauf von Waffen gründen, so können wir darüber nur lachen. Unser Rechtsempfinden ist nun einmal ein völlig anderes."

„Aber, aber ..." "Kein Aber! Hier geht es ums Überleben einer ganzen Rasse. Da ist so gut wie jedes Mittel recht."

Die ansonsten ruhige und zurückhaltende Sandura, die Herzliche, mischte sich ein: „Wir wollen doch nur in Liebe und Harmonie miteinander leben. Die Waffen müssen schweigen, unbedingt!"

Sie sandte ein Feld von unendlicher Liebe und Mitgefühl aus. Damit beeinflusste Sandura bewusst alle Lebewesen in ihrer Umgebung.

Speziell die Diplomaten von Kabar bekamen jetzt ihre liebevollen Empfindungen zu spüren. Sie nickten sich plötzlich gegenseitig überaus verständnisvoll zu und schwiegen.

Deren innerstes Harmoniebedürfnis wurde von Sandura angeregt. Es schwang sich nun auf ein höheres Verstehen ein, das keiner Worte mehr bedurfte. Auch jegliche Bedenken und Ängste ordneten sich diesem Gefühl unter.

BoC hatte inzwischen seine Ortungssysteme auf das Befehlszentrum der Eliten ausgerichtet. Er empfing vielerlei Signale.

Unter anderem konnte er feststellen, ob weitere Abwehrmaßnahmen getroffen wurden.

Der Tarnschirm war inzwischen gefallen, nachdem eindeutig klar war, dass sich das fremde Schiff wieder verzogen hatte. Es herrschte allerdings Unklarheit über unsere Herkunft.

Dies konnte BoC aus den Fragestellungen „heraushören", die von der Raumstation zu fernen Systemen gesandt wurden. Weder die Form noch die Art und Weise der Fortbewegung oder sonstige Merkmale waren den fernen Gesprächpartnern bekannt.

„Die Eliten drehen am Rad.", BoC war amüsiert.

Der blaue Sonnenriese beschützte seine Besucher. In der Umgebung seiner Strahlkraft war keine Fremdortung möglich, wenn man nicht wußte wonach zu suchen wäre.

Speziell BoC und auch Erwan der Emphat nahmen die freundliche Aufnahme des Blauen wahr.

Ich konnte dies ebenfalls erkennen, weil mir Erwan am nächsten saß und meine Aura berührte.

Von dort kam ein wärmendes Gefühl. Das konnte ich wiederum direkt der blauen Sonne zuordnen, weil es eindeutig nicht menschlicher Natur war.

BoC nahm Kontakt zu mir auf: „Ich bestätige Deine Wahrnehmung. Ist es nicht herrlich, wie eng wir mit allem im Universum verbunden sind. Unser blauer Freund ist sowohl mir als auch Euch wohlgesonnen."

„Warum wechselt die Raumstation nicht einfach ihre Position?", fragte Dessa, die Laserfrau.

BoC antwortete: „Eine sehr berechtigte Frage. Die Antwort messe ich gerade aus dem Energiebedarf der Station ab. Bis jetzt sind noch alle Waffensysteme und abwehrenden Energieschirme hochgefahren.

Dadurch fehlt offensichtlich die Energie für einen Stellungswechsel. Eine eindeutige Achillesferse (neuer Begriff in alter Zeit); ein günstiger Angriffszeitpunkt wäre somit kurz vor dem Start zum neuen Standort. Dann reicht nämlich die Energie für eine effektive Verteidigung nicht mehr aus."

„Gut zu wissen. Wie können wir die Puppen also dazu bewegen zu fliehen? Was ängstigt sie so sehr, dass sie meinen verschwinden zu müssen?", Vasilio warf diese Fragen in den Raum.

„Ich glaube da fehlt nicht mehr viel.", bemerkte Erwan: „Ich konnte die ungeheure Panik spüren, die den Puppen durch Mark und Bein (falls vorhanden) fuhr. Und zwar allen Puppen zugleich, als der Alarm anschlug. Das sind sie einfach nicht mehr gewohnt, seit Jahrtausenden gab es so etwas nicht mehr.

Und, es erinnert sie, aus den Tiefen ihrer Vergangenheit heraus, an den Schock, den ihnen die dunklen Schatten versetzten."

„Ja. Auch damals müssen sie sich absolut sicher und unangreifbar gefühlt haben. Bis das Entsetzliche urplötzlich über ihr Volk hereinbrach.", Vasilio traf vermutlich den Nagel auf den Kopf.

Ich gab zu bedenken: „Mir gefällt die Vorstellung allerdings nicht, es mit konfus gewordenen Puppen zu tun zu haben. In ihrer überheblichen Art sind sie wenigstens berechenbar. Was fällt denen ein, wenn ihr Weltbild aus den Angeln gehoben wird?"

„Du hast recht. Wir sollten dafür sorgen, dass in dem Ameisenhaufen wieder Ruhe einkehrt. Wir haben sie schon genug in Aufruhr versetzt.", Darkon sprach aus, was die Triade dachte: „Wie ist Deine Analyse BoC?"

„Ich stimme Euch im Grunde zu, halte es allerdings für falsch, uns gleich zu erkennen zu geben. Ich finde, wir sollten das Mysterium noch ein wenig aufrecht erhalten. Aber wir können unsere Absichten milde gestalten. Es darf nicht so erscheinen, als wären wir in feindlicher Absicht unterwegs."

„Sehr gut! Dann leg mal los. Wir sind gespannt was Du ausbrütest.", die Triade sprach wie aus einem Munde.

Kurz darauf bat BoC die Triade in die Abgeschiedenheit seiner Sphäre. Wir setzten uns zusammen und meditierten: T.AaOooo, T.AaOooo, T.AaOooo. Kaum, dass wir unsere Körper verlassen hatten, waren wir mit BoC im Einklang.

„Ich habe Euch gerufen, weil ich mit Euch unser gemeinsames, weiteres Vorgehen abstimmen möchte. Die anderen müssen vorerst davon nichts mitbekommen."

70

Als eine verbundene Wesenheit antworteten wir ihm: „Das ist vernünftig. Wir brauchen eine schnelle Entscheidung und nur Du kennst Deine Möglichkeiten genau. Wie also ist Dein Plan?"

"Es scheint mir angebracht, die Puppen noch im Unklaren zu lassen. Sie sollen aber nicht noch mehr in Angst und Schrecken versetzt werden."

Geistig nickten wir zustimmend. BoC fuhr fort: „Ich habe tatsächlich vor kurzem weitere Befähigungen bezüglich der Parasphäre entdeckt. Daher geht meine Vorstellung dahin, den Wesenheiten wieder die Kontrolle über uns in die Hände zu spielen. Sie müssen das Gefühl bekommen, wieder die Herren zu sein. Für die dann folgenden Aktionen setzen wir die besonderen Begabungen der vier Atalanter ein.

Erwan, der Emphat, bleibt im Schutze einer kleineren Parasphäre an Bord des Sternenschiffes und prüft von hier die Gefühlswallungen der Puppen. Er öffnet seinen Geist, damit Ihr Druidorix telepathischen Kontakt halten könnt. So hält er Euch ständig auf dem Laufenden falls etwas Außergewöhnliches wahrnehmbar sein sollte.

Nachdem es mir möglich ist die Transportsphäre zu splitten, setze ich Marmuk und Dessa im Inneren der riesigen Raumstation ab. Ich hülle die beiden ein und befördere sie zu den neuralgischen Punkten der Station. Ihre Aufgabe wird sein, Verwirrung zu stiften, wenn die Eliten uns übel mitspielen wollen oder um sie zu verblüffen.

Sandura soll Euch, die Triade, begleiten, wenn Ihr mit den Führern von Kabar verhandelt. Sie erzeugt dann bei Bedarf, ein alle überzeugendes Feld voller Freundlichkeit und Harmonie."

„Klingt alles plausibel. Nur, wie sollen wir nach all dem Trubel die Eliten davon überzeugen, dass wir harmlos sind?"

„Indem Ihr Euch mindestens genauso verängstigt zeigt, wie es die Puppen sind. Ihr müsst einfach so tun, als hätten wir die Raumstation ganz zufällig gefunden, als würdet Ihr es furchtbar bedauern das ganze Schlamassel angerichtet zu haben. Zeigt Euch loyal und verhandlungsbereit."

„O.k.! Das heißt, unsere Diplomatenfreunde sind dann die einzigen, die mitbekommen, was wirklich vor sich geht."

„So ist es. Und, die werden sich sicherlich hüten einfach auszupacken." „In deren Haut möchte ich gar nicht stecken.", Vasilio empfand fast schon Bedauern mit ihnen.

Nachdem wir wieder in unseren Körpern angekommen waren, wobei anscheinend niemand mitbekommen hatte, dass wir überhaupt abwesend waren, nahm BoC Fahrt auf und verließ den Schutz der blauen Riesensonne.

Ein kurzer, herzlicher Dank in Richtung unseres Sonnenfreundes und das Sternenschiff war aus dem Sternsystem verschwunden.

Mit einem gezielten Sphärensprung begab sich das Schiff wieder zur Raumstation der Eliten.

BoC hielt das Schiff allerdings in gebührendem Abstand. Gleichzeitig sandte er laufend Entschuldigungen: „Wir hatten nicht die Absicht Euch zu nahe zu treten. Unser Erscheinen sollte nicht als feindlicher Akt angesehen werden. Wir haben die Position der Raumstation nur per Zufall gefunden. Wir wollten jedoch tatsächlich mit Euch reden. Meldet Euch bitte!" Diesen Text wiederholte BoC immer wieder.

Das Sternenschiff blieb weiterhin in einer Entfernung, die den Eliten keinesfalls gefährlich erscheinen musste.

Dennoch startete eine Flotte von Robofightern und kreiste das Schiff ein.

Die Waffen der Fighter waren allesamt zentriert auf den möglichen Gegner ausgerichtet. Nun war die Gefahr aus der Sicht der Puppen gebannt.

Dieser Anblick musste für die Eliten sehr beruhigend erscheinen. Sie ahnten ja nicht, dass BoC sich mit einem Sphärensprung ganz leicht hätte entfernen können.

Jetzt kam auch der Befehl der Eliten über Hyperfunk: „Lasst Eure Schirme fallen und folgt unseren Fightern!" Die Roboschiffe öffneten eine Gasse und forderten das Sternenschiff unmissverständlich auf, in die angegebene Richtung zu fliegen. Mit aktivierten Waffensystemen umringten sie es weiterhin.

Die Triade war zufrieden mit dem Verlauf. Während des Fluges informierten BoC und die Druiden ihre Mitstreiter über den Plan.

BoC sorgte dafür, dass die Diplomaten nichts davon mitbekamen, indem er laute und rhythmische Musik in deren Gallertsessel einspielte. Für alle anderen gab er die Kommunikatoren frei.

So konnten sich die Druidorix und die vier begabten Atalanter ungezwungen unterhalten. „Der Plan klingt interessant.", meinte Dessa, die Laserfrau: „Ich weiß zwar nicht, was genau der Part von Marmuk und mir sein soll, doch Euch wird schon noch etwas dazu einfallen."

„Ihr seid unsere Geheimwaffe, wenn die Puppen nicht so wollen wie sie sollen.", versuchte ich darzulegen: „Wie genau Ihr dann agiert, ergibt sich aus der aktuellen Situation. Hauptsache Ihr seid schon mal vor Ort."

Das Sternenschiff passierte gerade den äußeren Abwehrschirm der Raumstation. Ein Strukturriss im Schirm gewährte den Durchlass. Die Roboschiffe wurden jetzt von kleinen Raumkreuzern abgelöst.

Deren hochgewölbte Scheibenform bot Platz für eine Besatzung von mindestens zwölf Mitgliedern der Elite.

BoC konnte erkennen, dass die Waffen der Kreuzer aktiv waren und jederzeit ihre Vernichtungskraft gegen das Schiff schleudern konnten. Jetzt war die Gefahr auch für BoC enorm groß. Die fremden Kreuzer waren sehr nah. So wußte er nicht, ob ein Sphärensprung sie schnell genug aus der Vernichtungszone retten konnte.

Und das Sternenschiff hatte seine Energieschirme noch immer nicht hochgefahren, um ungefährlich zu erscheinen.

Doch alles ging gut. Zwei weitere Energieschirme wurden durchflogen.

Die Raumkreuzer blieben immer dicht in der Nähe des Sternenschiffes. Sie waren auf der Lauer. Sollte auch nur die geringste abweichende Bewegung oder eine ungewöhnlich erscheinende Energieemission wahrgenommen werden, war dies das Ende des Schiffes und seiner Besatzung.

Die Oberfläche der Raumstation füllte nun den gesamten Bildschirm aus.

Ein Landeplatz wurde durch Lichtzeichen markiert. Der knappe Befehl lautete: „Landen!"

Widerspruchslos fuhr das atalantische Sternenschiff seine mehrfach geknickten, sechs Stelzbeine aus. Leicht nachfedernd setzte es auf dem angezeigten Platz auf.

Marmuk und Dessa bereiteten sich auf den Sphärensprung vor. BoC hatte inzwischen die Raumstation gescannt. So konnte er die beiden gezielt in der Nähe des Energiezentrums absetzen.

Sie blieben den Warnsystemen der Station verborgen.

Durch ihre weiterhin aktiven Sphären waren sie zumindest energetisch unsichtbar.

Diese Technologie war so außergewöhnlich, dass sich die Eliten gar nicht hätten vorstellen können, so etwas in Betracht zu ziehen. Also war für sie die Parasphäre weder messbar noch anderweitig erkennbar.

Die atalantischen, besonders begabten Wesenheiten waren zwar körperlich anwesend, doch sie befanden sich, durch die Voraussicht von BoC, in einem abgelegenen Sektor. Hier gab es weder eine Überwachung durch Kameras noch gab es Wachroboter und schon gleich gar keine Puppen.

Die beiden warteten geduldig auf ihren Einsatz, der vielleicht gar nicht nötig werden würde.

Der Hohe Rat war sich einig, die Eindringlinge mussten mit äußerster Vorsicht behandelt werden. Mittlerweile ahnten sie: Es könnten vielleicht Atalanter sein. Doch niemand wußte auch nur annähernd, wer oder was noch dahinter stecken könnte!?

Immerhin war die seltsame, hochtechnische Ausstattung, die hier mehrmals in Erscheinung trat, für sie vermutlich nicht atalantisch.

Solche technischen Neuerungen trauten uns die Eliten einfach nicht zu. Für sie waren die Atalanter fast ausschließlich geistig orientiert.

Außerdem musste der Schock, den sie meinem Volk versetzt hatten, noch so tief in unseren Knochen stecken, dass wir diese Aktion niemals hätten starten können. Aber Genaueres wussten sie nicht. Sie waren noch immer stark verunsichert.

„Fordert sie auf, aus dem Schiff auszusteigen!", dieser scharfe Befehl erging an die Kommandanten des Raumhafens. Als der Befehl bei der Besatzung eintraf, erschraken Skelkar Inosol und Dawanka Elmuid wieder einmal zu Tode.

Aber das war im Verlaufe der Mission schließlich nichts Neues.

Alle anderen, die Triade und Sandura, richteten sich umgehend danach. Sie nahmen die Diplomaten in ihre Mitte und begaben sich in den Schleusenraum.

BoC prüfte die Außentemperatur und die Atemluft, befand beides für brauchbar und öffnete die äußere Schleusentüre.

Auf einem antigravitatorischen Energieteppich glitten wir, vier Besatzungsmitglieder und zwei Diplomaten, auf den Boden des Raumhafens.

Zum Glück hatten die Puppen keine Möglichkeit per Scan in das Innere des Sternenschiffes einzudringen. Dagegen hatten schon die Erbauer des Schiffes eine dauerhaft wirksame Abschirmung im Hüllenmaterial eingebaut. Dadurch und durch BoCs schützende Parasphäre entging den Eliten die Abwesenheit von Erwan.

Wir schauten uns auf dem riesigen Raumhafen um. Der Horizont oder der Rand der Station waren nicht mehr zu sehen. Ein künstlicher Himmel spannte sich über dem Giganten.

Die Raumstation hatte hier oben die Form einer stark abgeflacht Halbkugel. Ihre Größe konnte sich leicht mit der eines mittleren Mondes messen.

Aus vorangegangenen Beobachtungen wussten wir, dass die stärkere Rundung der Unterseite übersät war mit Buckeln und Öffnungen.

Entsprechend der energetischen Messungen waren verschiedene Öffnungen dem Antrieb zuzuordnen. Unterschiedliche Waffenstellungen waren als Kuppeln erkennbar.

Ein tiefes Schwarz an der Unterseite machte die Station vor dem Hintergrund des Alls fast unsichtbar.

Die abgeflachte Oberfläche sah hingegen ganz anders aus.

Mehrere Raumhäfen, ein gigantisch großer und etliche kleinere, eventuell für kurzzeitige Reparaturwerften, konnten wir beim Anflug ausmachen.

Die Skyline aus gewaltig hohen Gebäuden ragte aus der Mitte der Fläche in den Kunsthimmel.

Einige dieser Bauwerke schienen sogar bis hinauf zur unteren Energiekuppel zu reichen. Vom All aus erschien die Oberfläche hell und einladend, mit vielerlei Farben durchsetzt.

Sogar eine Art Wald und einen See konnten wir sehen. Später stellte sich heraus, dass dies lediglich Hologramme waren, die eventuellen Besuchern Natur vorspiegeln sollten.

Sie stammten noch aus einer Zeit, als die Puppen sich offener zeigten. Speziell für die Kommunikation mit den alten Kabarern und ihren Verbündeten hatten sich die Puppen herausgeputzt. Mittlerweile war solch eine Anbiederung überflüssig geworden.

Auf dem großräumigen Raumhafen sahen wir allerdings zwei weitere fremde Raumschiffe. Sie ragten fast einen Kilometer hoch in den Himmel der Station. Ihre langgestreckte, bauchige Raketenform war uns nicht bekannt.

Doch mussten sie mit den Eliten irgendwie gut kooperieren, denn sie waren schon vor unserem Erscheinen hier anwesend.

Außerdem standen dort fünf wohlbekannte Dreieckspyramiden, die großen Raumkreuzer, mit denen die Puppenwesen bereits vor über 200.000 Jahren in den Einflussbereich der Kabarer gekommen waren.

Deren Technologie war kaum verändert, da die Puppen schon damals ein überragendes Wissen hatten. Ich konnte mir sogar vorstellen, dass genau diese Schiffe damals schon dabei waren.

Andere Raumschiffe konnten wir bei der Landung nicht erkennen.

Die uns begleitenden Roboschiffe verschwanden schon vorher auf der Unterseite, im unermesslich tiefen Rumpf der Station.

Nur die kleinen Kreuzer blieben im Orbit. Auch sie hatten sicherlich Hangars, in denen sie aufgenommen werden konnten.

Was ich vermisste waren die todbringenden Giganten, die Schlachtschiffe.

Aber wahrscheinlich steckten etliche ebenfalls innerhalb der Raumstation.

Sie wären zuständig geworden, wenn es um die Vernichtung von Atalant gehen sollte. Ihre zerstörerische Macht überstieg alles, was die Kabarer der alten Zeit jemals aufbieten konnten.

Mit Hilfe jener gewaltigen Dreieckspyramiden, eine um ein Vielfaches größere Version der großen Kreuzer, hatten die Eliten den Sternenbund von Kabar übernommen und mit mehr oder mit weniger Gewaltandrohung ausgebaut.

„Die Kommandantur erwartet Euch.", dies wurde von einem riesigen Roboter übermittelt, der noch ein ganzes Stück größer als Marmuk war. Seine menschliche Gestalt sollte anscheinend die Überlegenheit der Elite dokumentieren, deren eigene Größe noch nicht einmal einen Meter erreichte. Aber sie konnten immerhin solchen Riesen Befehle erteilen.

Wir folgten gehorsam der Maschine. „Die wollen uns mit niederen Chargen abspeisen." „Richtig, die Kommandantur ist nicht der Hohe Rat." „Nur mit dem wollen wir verhandeln. Alles andere ist Zeitvergeudung." Diesen Gedankenaustausch führten wir telepathisch.

Ich wandte mich an unseren Führer: „He Du! Wir müssen dringend mit dem Hohen Rat sprechen. Die Kommandantur kann über unser Anliegen nicht entscheiden."

„Ich habe meine Befehle." „Egal, welche Befehle Du hast, es geht hier um Leben und Tod einer ganzen Rasse."

„Ich habe meine Befehle." So stur konnte nur ein Automat sein.

Als wir bei der Kommandantur ankamen, fühlten wir uns wie vor einem Gericht. Erhöht saßen uns hinter einer Barriere zwölf Puppen gegenüber.

Wir mussten stehen. Kaum, dass wir deren Köpfe sehen konnten. Es waren ausschließlich männliche Wesenheiten.

Somit konnte es sich niemals nicht um den Hohen Rat handeln.

Erwan übermittelte uns: „Sie fürchten sich vor Euch. Ihr seid ihnen unheimlich. Jetzt ist Sandura gefragt." Ich sprach sie daraufhin an: „Gib den Burschen eine ordentliche Dosis Vertrauen und Herzlichkeit." Sie antwortete: „Ich werde mein Möglichstes tun."

Vasilio und ich nahmen Sandura in unsere Mitte und stützen sie bei ihrem Vorhaben. Sie tat so, als wäre ihr übel geworden. Dabei brauchte sie nur ein wenig Halt, weil sie sich intensiv konzentrieren musste und dabei die Augen schloß. Eine heftige Welle voller Liebe schwappte zu den Puppen hinüber.

Auch wir konnten die Schwingungen wahrnehmen. Doch lediglich unsere Herren Diplomaten wurden davon ebenfalls überwältigt. Sie stürzten herbei, um Sandura gleichfalls zu helfen. Dankbar lehnten wir allerdings ab.

Und die Puppen? Auch an denen ging Sanduras „Hilfeschrei" nicht spurlos vorüber. Ihre Haltung und ihr Gesichtsausdruck zeigten sie wesentlich aufgeschlossener.

Als dann Darkon unser Anliegen verbal deutlich machte und um eine Unterredung mit dem Hohen Rat bat, konnte keine der Puppen widersprechen.

Umgehend wandten sie sich an das oberste Befehlsgremium und sprachen für uns. Sie setzten sich fast schon ein wenig zu intensiv für uns ein.

Aus der Antwort hörten wir Verwunderung und Ärger heraus. Doch zugleich schien ihre Neugier dafür zu sorgen, dass uns der Weg freigemacht wurde.

Drei Herren der Kommandantur und der Roboter begleiteten uns. Von dem Maschinenmenschen wurden wir argwöhnisch beobachtet. Ihm hatte Sandura selbstverständlich nichts anhaben können.

Daher widersprach das plötzliche Vorgehen seiner Herren jeglichem vorher geäußerten Sicherheitsdenken und damit jeglicher Logik.

Wir durchquerten etliche lange Gänge und fuhren schließlich mit einem Antigravitationsaufzug in die Tiefen des Befehlszentrums.

Angekommen erwarteten uns weitere Robotersoldaten. Die Puppen von der Kommandantur verabschiedeten sich.

Offensichtlich wurden wir von den Mitgliedern des Hohen Rates noch immer als „Vorsicht! Gefährlich!" eingestuft.

Wir wurden nun ganz offen gescannt. Ich war sicher, dass man uns schon vorher mehrmals durchleuchtet hatte.

Dies war die letzte Sicherheitsbarriere, die wir durchschreiten mussten, um in das „Allerheiligste" zu gelangen. Die Robos blieben nun ebenfalls zurück.

Vor uns erstreckte sich ein langer Gang. Dessen Ende schloß eine energetische Wand ab.

Bei Annäherung an die Wand wechselte diese mehrfach ihre Farbe. Damit sollte wohl der Eindruck erweckt werden, als würde bei jedem Farbwechsel etwas anderes mit uns geschehen.

„Das ist eine reine Verunsicherungstaktik.", meldete sich BoC unvermittelt telepathisch bei mir. Ich war überrascht und gleichzeitig erfreut, dass BoC über uns wachte.

„Donnerwetter, ich hätte nicht gedacht, dass Du telepathischen Kontakt mit uns herstellen kannst.", war mein Kommentar.

„Das war mir bisher auch noch nicht ganz klar. Ich habe es einfach einmal versucht. Außerdem gelingt diese Konversation vorerst nur mir Dir. Du bist am empfänglichsten für meinen Test.

Als Prototyp bin ich offenbar zu einem Wunderwerk aus Geist und Technik geworden. Ich glaube mir stehen noch ganz andere Fähigkeiten zur Verfügung. Wir mussten nur zu hurtig aufbrechen, als dass ich hätte üben können."

„Nun denn, dann bleib mental schön in unserer Nähe. Vielleicht brauchen wir Dich schon bald.", meinte ich.

Als ich Darkon andeutungsweise über den Kontakt informierte, schien auch er etwas zu ahnen, was er uns aber noch nicht mitzuteilen gedachte. Er war immerhin unser bester Hellsichtiger.

Der Hohe Rat empfing uns hinter der Wand aus Energie. Sie war durchsichtig geworden und einfach in den Raum hinter dem Gang zurückgewichen. So hatte sie uns immer weiter Platz gemacht.

Dennoch mussten wir wieder stehen, während die acht Wesenheiten des Hohen Rates sitzen konnten.

Die Mitglieder des Hohen Rates hatten sowohl männliche als auch weibliche Attribute. Jedoch waren ihre Geschlechtsmerkmale fast nur an der Größe erkennbar sowie an der Kleidung und am Gesicht ablesbar. Frauen waren minimal kleiner und schlanker. Sie hatten ein insgesamt zierlicheres Aussehen.

Meistens trugen sie ihr Haar auch etwas länger als die männlichen Exemplare.

Auch trugen die Frauen eine eher körperbetonte Uniform, wobei sich weder die Brüste noch der Po besonders von den Männern unterschieden.

Sie waren, wie alle anderen, nicht einmal einen Meter groß.

Wie von früheren, sehr viel früheren Begegnungen bekannt war, übertrafen die geistigen Fähigkeiten der Mitglieder des Hohen Rates die ihrer Artgenossen. Sowohl an Intelligenz als auch an mentaler Befähigung standen sie über den meisten anderen.

Jede Puppe saß auf einem eigenen Thron. „Achtung! Die Throne sind Verstärker für die mentalen Kräfte der Typen.", BoC flüsterte seinen Hinweis geradezu. Er zog sich auch sofort wieder aus meinen Gedanken zurück.

Dafür merkten wir, wie Mitglieder des Hohen Rates versuchten bei uns anzudocken. Noch war dieser Übergriff unkoordiniert, denn offenbar waren nicht alle mit den gleichen Fähigkeiten ausgestattet.

Sandura wankte gegen uns. Wir mussten sie auffangen, damit sie nicht stürzte.

Skelkar Inosol und Dawanka Elmuid gingen ebenfalls in die Knie, obwohl sie nicht direkt betroffen waren.

Der mentale Angriff kam urplötzlich und hätte auch uns beinahe überwältigt.

Doch indem wir gemeinsam, fast wie ein Wesen, zueinander standen, uns im Geiste gegenseitig stützten, waren wir weniger leicht umzuwerfen.

Als der Hohe Rat sich ebenfalls verband, um gegen uns vorzugehen, waren wir bereits gewappnet.

Im geistigen Kosmos fand ein heftiges Kräfte-
messen statt. Dabei beschränkten wir uns lediglich
auf die Abwehr. So brauchten wir nicht preiszuge-
ben, wieviel vermutlich überlegene Macht in unseren
Angriffen stecken könnte.

Immerhin waren die Mitglieder des Hohen Rates
nicht wenig überrascht, geradezu entsetzt, mit welcher Leichtigkeit wir Druidorix ihnen zu widerstehen
vermochten.

Sie zogen sich schließlich mental wieder zurück,
verstärkten aber den Energieschirm zwischen uns.

Nun verlegten sie sich auf die verbale Kommuni-
kationsform: „Was wollt Ihr von uns?"

„Einfach mit Euch reden.", begann Vasilio. „Ihr
seid uns gegenüber als Feinde aufgetreten. Das können wir so nicht stehen lassen. Wir sind nämlich keineswegs Eure Feinde."

„Wieso sind wir feindlich gegen Euch?" „Ist es
denn kein feindlicher Akt, wenn unser Sonnensystem
zerstört und unsere Kultur ausgelöscht werden soll?"

Wie erwartet antwortete eine Frau aus dem Hohen Rat: „Das ist keineswegs feindlich. Wir dokumentieren damit nur unsere Vormachtstellung. Wir sind
in der Lage dazu und bereit gegen jegliche Aufständische vorzugehen."

„Nur, dass wir weder einen Aufstand planen noch
durchführen.", Sandura war, entgegen ihrer sonstigen Art, sichtlich empört.

Ich bat sie, ohne Worte, nur mit einer dämpfen-
den Handbewegung, die Diskussion uns, der Triade,
zu überlassen.

„Weshalb meint ihr, wir wären Aufständische?",
wer fragt führt, war die Devise der Darkon folgte.

„Ihr wollt Euch nicht in das System von Kabar fügen. Seit hunderten von Jahren widersetzt Ihr Euch.

Immer wieder behindert Ihr den Versuch unsere Geburtenkontrolle und unser Schulsystem bei Euch einzuführen. Auch vielen anderen Errungenschaften des Sternenbundes bleibt Ihr fern.", die männlich wirkende Stimme klang verärgert. Sie erscholl aus dem Halbrund des Hohen Rates, war jedoch keinem einzelnen Wesen zuzuordnen.

Mir fiel jetzt die Rolle des Verteidigers zu: „Wir meinen mit Recht, denn unsere Lebensweise ist mit keiner anderen im Bund vergleichbar. Was habt ihr uns denn wirklich vorzuwerfen?"

„Euer Beispiel könnte Schule machen. Ihr seid eine andauernde, potentielle Gefahr für Kabar."

Darkon versuchte nun den Hohen Rat in die Enge zu manövrieren: „Haben wir Euch denn nicht gute Dienste geleistet? Wir wurden für die Kabarer sogar zu Energiesklaven. Dies haben wir weder Euch noch den anderen Rassen nachgetragen.

Letztlich haben wir uns sogar bereit erklärt, weder unsere Denkweise noch die religiöse Anschauung, mit den entsprechenden Ritualen und Maßnahmen, in die Galaxis hinaus zu verbreiten. Spirituelle Rückführungen betreiben wir nur für die Atalanter. Was also ist Euer wahrer Beweggrund?"

Wahrhaftig! Der Hohe Rat hatte nicht sofort eine Antwort. Unheimlich stumm verharrten die Elitepuppen auf ihren Thronen.

Darkon setzte nach: „Ist es nicht eher so, dass es auch in Euren Reihen so etwas wie ein Gewissen gibt? Oder wollt Ihr einfach die Vergangenheit ungeschehen machen indem Ihr alle Zeugnisse und Zeugen beseitigt?"

Noch immer kam kein Laut von dort, hinter der Wand aus Energie.

Wir konnten regelrecht das Knistern der Denkprozesse „hören", die dort abliefen.

84

Hatte Darkon den Nagel auf den Kopf getroffen?

Zur Entspannung trug sein nächster Satz bei: „Von unserer Seite können wir immer wieder nur betonen – wir lassen die Vergangenheit ruhen - wir haben längst damit abgeschlossen - unsere Spirituellen Rückführungen haben alle Wunden weitgehend beruhigt. Wir hegen keinen Groll gegen Euch."

Jetzt entschied es sich, wie sehr Darkon das Ziel getroffen oder verfehlt hat. Die Antwort der Puppen ließ uns aufatmen: „Danke für Euer ehrliches Entgegenkommen. Wir haben tatsächlich an unseren menschenähnlichen Regungen gezweifelt.

Sehr lange Zeit haben wir mit unseren Taten gehadert. Auch wir sind ohne negative Emotionen gegen Euch."

„Und weshalb wollt Ihr uns dennoch auslöschen?" Übertrieb Darkon damit?

Nein! Hiermit bewirkte er genau die Wende, die Everin und seine Aspekte bereits eingeleitet hatten.

Doch bevor sich eine brauchbare Lösung anbahnen konnte, beugte sich ein männliches Wesen in seinem Thron nach vorne. Er hob seine Stimme und damit noch einmal die Macht der Eliten hervor.

„Bedenkt trotzdem, wir haben die Möglichkeit Euch alle vollständig aus der Geschichte verschwinden zu lassen. Nichts und niemand kann uns daran hindern. Seht Euch also vor!"

Jetzt schlug meine Stunde. Ich schaltete mich ein: „Hoher Rat, Ihr mögt uns tatsächlich Gewalt antun können. Dies habt Ihr zur Genüge bewiesen. Doch wir sind inzwischen nicht mehr ganz ohne Mittel und Wege uns zur Wehr zu setzen. Dies soll selbstverständlich keine Drohung sein.

Allerdings, wir haben diese riesige Raumstation, Eure Befehlszentrale, soweit unter Kontrolle, dass wir hier jederzeit das Licht ausknipsen können."

„Ha, ha, ha!", verhaltene Belustigung schlug uns entgegen.

„Ihr glaubt es nicht? Achtet bitte auf das Schnipsen meiner Finger." Ich hob die Hand und „Schnipp".

Erst tat sich gar nichts. Die Mitglieder des Hohen Rates schauten interessiert, doch zugleich höhnisch.

Die Zeit verging! Ich begann selbst schon an dem angekündigten Effekt zu zweifeln.

Plötzlich geschah es: Nicht nur das Licht ging aus, auch die Energiebarriere vor uns brach zusammen.

Und, was wir nicht sehen konnten, was dem Hohen Rat aber sofort gemeldet wurde: Alle Abwehrschirme um die Raumstation lösten sich vollständig auf. „Wa…, wa…, was soll das?"

Um die Puppen wieder zu beruhigen meinte ich: „Keine Sorge, dies ist nur eine Demonstration."

Mit einem zweiten „Schnipp", in der Dunkelheit nicht zu sehen aber ganz deutlich zu hören, kam alles wieder ins Lot. Die Energien schwankten noch eine zeitlang, bis sie sich stabilisieren. Alles wurde wieder normal.

Sechs der Mitglieder des Hohen Rates hatten sich hinter ihre Throne zurückgezogen und schauten verstört um die Ecken.

Bevor ich meinen „Trick" in Szene setzte bekam ich von BoC den „geflüsterten" Hinweis: „Marmuk und Dessa haben sich in Position gebracht. Sie können der Station den gesamten Saft abdrehen."

Tatsächlich befanden sich die beiden an einer neuralgischen Stelle in der Raumstation.

Sie war nach Aussage von BoC, extrem anfällig für einen Sabotageakt. Jedoch war sie bereits soweit im Inneren, dass keinerlei Maßnahmen zur Überwachung oder zur Abwehr nötig erschienen.

Die Sphäre, mit denen BoC sie noch immer umgab, verhinderte, dass die begabten Atalanter aufgespürt werden konnten.

Dessa lauerte im Schutz des Feldes und zusätzlich verborgen in einem vergitterten Luftschacht auf ihren Einsatz. Die Gitter bedeuteten für sie kein Hindernis. Über ihre Fingerspitzen konnte sie jene Art Laserstrahl aussenden, der den Stahl blitzschnell zerlegen würde.

Marmuk stand ungerührt am Rande einer Vorrichtung, in dessen Mitte ein riesiger, schwarzer Kristall in einem Gravitationsfeld schwebte.

Diese mächtige, kristalline Einheit war der zentrale Energieerzeuger. Früher hing hier ein ähnlicher Kristall, ein heller, in dessen Innerem wurden Geistige Wesen gefangen gehalten. Wir erinnern uns abermals: Die Atalanter dienten zwangsweise den Kabarern sklavisch als Energielieferanten.

Hier stand Marmuk nun vor einer Maschinerie, die ihn stark an jene Zeiten erinnerte. Er selbst hing, so wusste er aus Spirituellen Rückführungen, im früheren Dasein in einem ähnlichen Kristall fest.

Seine Lebensenergie versorgte damals, zusammen mit vielen anderen seiner Art, ein Schlachtschiff.

Erst die Strategie des „Sich-tot-stellens" gab ihm die Freiheit zurück. Marmuk würde jetzt vor Wut kochen, hätte er die Vergangenheit nicht per Spirlutueller Rückführungen energetisch entlastet und damit bereinigt. So fragte er sich lediglich neutral, ohne emotional aufzubrausen, wie denn wohl die neue Kristalltechnologie funktionieren mag.

Er hatte schon von der Theorie winziger schwarzer Löcher gehört, die angeblich hierfür genutzt werden sollten.

Doch angesichts dieses Prachtstückes glaubte er irgendwie nicht mehr daran.

Ihm erschient eher die Vorstellung plausibel, dass dunkle Energie von dem Stein angezapft wurde.

Nach unten und nach oben führten hell strahlende Energiebündel in die Station.

Diese mündeten vermutlich in weiterführende Netze, um per Leitungssystem die verschiedenen Abnehmer zu versorgen.

Da sich Marmuk völlig ruhig verhielt, während er sich vor Ort in der Minisphäre befand, wurde von ihm keinerlei Aktivität registriert. Er wirkte wie ein interner Bestandteil der Station.

Immerhin hielt er sich jetzt ganz in der Nähe des schwarzen Riesenkristalls auf. Damit konnte er jederzeit Einfluss auf dessen Funktion nehmen, so hoffte er. Er brauchte nur sein körpereigenes Energiefeld mit aller Macht in Richtung des Kristalls auszudehnen. Damit konnte Marmuk vermutlich einen schiebenden Effekt erzielen.

Genau darauf hatte Marmuk sich vorbereitet und dafür kam die Anweisung von BoC: „Jetzt!"

Die Laserfrau Dessa wartete im Hintergrund, ob sie gebraucht wurde.

Marmuk baute sein energetisches Feld auf, vergrößerte es wie noch nie zuvor, ausschließlich in einer Richtung. Mit ungeheurer Anstrengung drückt er gegen den Kristall. Doch außer einer leichten Erschütterung zeigte sich keine Wirkung. Wobei bereits diese Erschütterung mehr war, als sich Marmuk je hatte vorstellen können.

Das Signal für Dessa kam von BoC. Sie zerlegte blitzartig das Gitter vor dem Luftschacht.

Sie sprang Marmuk zu Hilfe. Aus der Warteposition heraus hatte sie bereits Überlegungen angestellt, wie und wo sie angreifen könnte.

Ihre Laserkräfte drangen in das System ein. Sie durchtrennte mit ihrer eigenen Energie die energetischen Verbindungen am unteren Ende des Kristalls.

Der Kristall wankte stärker und ließ sich nun aus seiner Verankerung schieben, in der er mit Antigravitation gehalten wurde.

Marmuk drückte ihn jetzt relativ leicht zur Seite. Er hielt die Verbindung sogar aufrecht, so lange es nötig war.

Der Kristall lieferte tatsächlich keine Energie mehr an die Station. Die Lichter verlöschten und alles was diese Energie brauchte stellte seine Funktion ein. Nicht einmal die Alarmanlage schlug an, die nun aktiv werden sollte.

BoC beobachtete die Situation durch die Augen der jeweils Beteiligten, sowohl bei den beiden Helden als auch im Raum des Hohen Rates.

So koordinierte er mein zweites Fingerschnippen mit dem, was Marmuk und Dessa unternahmen.

Marmuk nahm sein energetisches Feld zurück. Dessa hörte auf damit, ihre Laserstrahlen auf den verbindenden Energiestrang zu richten.

Sofort schwenkte der schwarze Kristall in seine ursprüngliche Position zurück. Er pendelte sich ein und nahm seine Funktion wieder auf. Der Spuk war vorüber.

Auch der Hohe Rat nahm seine Plätze wieder ein. Ohne Worte verständigten sich dessen Mitglieder per Telephatie. Die Throne waren dafür entsprechende Gedankenverstärker. Die nun eingetretene Ruhe fühlte sich an, wie die sprichwörtliche „Ruhe vor dem Sturm".

Doch es kam ganz anders. Sehr viel mehr Übereinstimmung schlug uns entgegen.

Keinerlei Vorwürfe, keine Schuldzuweisung, eher Verständnis und Verstehen.

Die Triade der Druidorix, damit auch alle Atalanter, waren auf einmal wieder akzeptierte, gleichwertige Gesprächs- und Verhandlungspartner.

Unsere Demonstration hatte tatsächlich bewirkt, dass wir uns den Puppen auf Augenhöhe angenähert hatten.

Wieder war es eine Frau die, diesmal irgendwie versöhnlicher und dennoch mit deutlicher Erhabenheit, als Einzelwesen äußerte:

„Es besteht keine Notwendigkeit Euch zu tilgen. Trotzdem sind wir es, die entscheiden ob oder wann das Ultimatum endet.

So hört denn unsere Entscheidung: Atalant wird noch einmal verschont, wenn sich die Bewohner des Systems den kabarianischen Regeln beugen.

Wir wissen, dass dies nicht allen Atalantern möglich sein wird. Also sollen diejenigen, die nicht dazu bereit sind, den Einflussbereich des Sternenbundes schnellstens verlassen.

Alle anderen, die mit uns trotz allem kooperieren wollen, dürfen im System von Atalant bleiben."

Nicht im Mindesten wurde auf das eben Geschehene eingegangen.

Der Hohe Rat ließ den Vorfall lediglich in seine Überlegungen einfließen und nahm einfach wieder Stellung zum eigentlichen Thema - ohne Wenn und Aber und ohne Kommentar. Die Eliten waren und blieben eben die Eliten!

Jetzt war es an uns, schnell zu reagieren. Hopp oder Topp! Ja oder Nein!

Exodus

Darkon sprach für uns klare Worte: „Wir akzeptieren! Allerdings brauchen wir eine ziemliche Menge an Raumschiffen, die in der Lage sein müssen intergalaktische Flugstrecken zu bewältigen. Die genaue Anzahl geben wir bekannt sobald wir wissen wieviele Atalanter starten wollen."

„Wir gewähren Euch ein halbes Jahr Eurer Zeitrechnung. Dann stehen Schiffe in ausreichender Zahl bereit."

Innerlich stieß ich einen Jubelschrei aus. Bis zum Ablauf der knappen Frist würden wir mit Sicherheit dennoch alles schaffen. So hatten wir es uns vorgestellt.

Ohne weitere Diskussion zogen wir uns erhobenen Hauptes zurück. Auch wir durften durch unser Verhalten Stolz und persönliche Größe dokumentieren. Die Mitglieder des Hohen Rates konnten dies voll und ganz verstehen.

Lediglich die uns begleitenden Diplomaten von Kabar beugten sich zum Boden, so tief wie es ihnen nur möglich war.

Nun ja, die beiden wollten schließlich auch weiterhin im Dienste der Eliten arbeiten dürfen.

Auf dem Weg zurück zum Sternenschiff hatten wir keine robotischen Begleiter. Doch mit Hilfe von BoC gelang es uns völlig problemlos, aus dem verwirrenden Labyrinth der Raumstation herauszufinden.

Dies war abermals eine Demonstration unserer hervorragenden Leistungsfähigkeit.

Wieder an Bord des Schiffes angelangt vermissten wir unsere beiden Helden sowie Erwan.

„Keine Sorge! Erwan, Marmuk und Dessa befinden sich bereits hier. Ich halte sie nur vorläufig noch versteckt. Man weiß ja nie, welche Tricks die Puppen noch auf Lager haben."

Ohne Gruß und ohne darauf zu warten ob wir Starterlaubnis bekommen würden, starteten wir.

Beim Abflug bemerkten wir wieder die beiden hoch aufragenden Raketen, die auf ihren drei starren Landebeinen irgendwie primitiv wirkten.

Da in der Nähe dieser Raketen keinerlei Bewegung zu sehen war, schenkten wir ihnen nur wenig Aufmerksamkeit.

BoC näherte sich vorsichtig dem inneren Verteidigungsschirm. Der Schirm ließ eine Öffnung zu und das Schiff schlüpfte hindurch.

Ebenso geschah es bei den zwei weiteren Energieschirmen. Unbehelligt von Begleitkreuzern oder Roboschiffen setzte das Sternenschiff seinen Weg in die Weite des Alls fort.

Wir waren überzeugt: Der Hohe Rat bricht sein Wort niemals!

Mit Hyperpuls entfernte sich BoC ein paar Lichtjahre. Sobald das Schiff sich hinter der nächsten Sonne verbergen konnte, baute er die Parasphäre auf und verschwand somit vollständig, nicht nur für die Ortungseinrichtungen aller Kabarer.

Im Sternensystem von Atalant angekommen, verkündeten wir die relativ frohe Nachricht.

Alle 2017 Druidorix waren aufgrund unseres telepatischen Kontaktes sowieso schon vorinformiert.

Jetzt mobilisierten wir sämtliche Kräfte des Ordenshauses. Der bevorstehende Exodus musste verkündet und vorzubereiten werden.

Alle Atalanter mussten sich entscheiden dürfen. Alle! Zumindest all diejenigen, die sich frei im Universum bewegten. Wie wir auch die Eingesperrten erreichen sollten, wussten wir noch nicht.

Deren Gefangenschaft war, aus Sicht der Kabarer, nicht grundlos erfolgt. Ihre Freilassung konnten wir demnach auch nicht so ohne weiteres einfordern oder gar erzwingen.

Doch wie wäre es denn, wenn unsere beiden Diplomatenfreunde sich ein wenig für uns stark machen würden?

Skelkar Inosol und Dawanka Elmuid waren wider erwarten sehr aufnahmebereit für diese Idee. „Nachdem wir gesehen haben, wie erfolgreich Euer Verhandlungsgeschick beim Hohen Rat war, sind wir gerne bereit uns für Euch zu verbürgen. Wir setzen uns umgehend mit unseren Vorgesetzten in Verbindung.", Dawanka Elmuid preschte mit diesen Worten regelrecht nach vorn.

Sein Kollege widersprach nicht. Im Gegenteil! Heftiges Nicken bestätigte seine Zustimmung. Skelkar Inosol zeigte ganz offen seine Emotionen: „Wir konnten das Anliegen der Atalanter vordem leider nicht zu Eurer Zufriedenheit mittragen. Doch, seid versichert, wir sind niemals Feinde der Atalanter gewesen. Unsere Aufgabe besteht darin, unseren Herren zu dienen und trotzdem weitgehend neutral zu bleiben. Ihr hattet in jedem Moment unser vollstes Mitgefühl. Wir freuen uns mit Euch, wenn dieses wunderschöne Sternensystem erhalten bleibt."

Die beiden Diplomaten begaben sich in ihr eigenes, kleines Raumschiff. Von dort hatten sie eine direkte Verbindung zu ihren Vorgesetzen.

Allerdings konnte die Triade das Gespräch unmittelbar mitverfolgen. BoC sei Dank!

Wir hörten alles direkt mit! Wozu BoC wohl noch alles fähig sein könnte?

Die beiden Kabarer zogen wirklich alle Register, um ihre Kommandantur von der Wichtigkeit zu überzeugen: „Alle Atalanter müssen sofort entlassen und in ihr Sternensystem gebracht werden. Der Hohe Rat wäre sehr zufrieden, wenn dies schnellstens geschehen würde."

Tatsächlich, es dauerte keine Stunde den Plan durchzusetzen. Noch einmal zirka drei Stunden und es kam die Meldung: „Alle gefangen gehaltenen Atalanter sind entweder in ihren eigenen Körpern oder per Kristall nach Atalant unterwegs."

Die Gefängnis-Kristalle zu knacken und geeignete Körper zur Verfügung zu stellen oblag den Atalantern selbst.

Der Jubel war groß! Sofort begann das gesamte Ordenshaus zusammen mit der Organisationsstruktur des Planetenumfeldes mit den Vorbereitungen für den Empfang der Gefangenen.

Unterkünfte wurden organisiert und geeignete Informationszentren sollten die so plötzlich frei gekommenen Atalanter auf den neuesten Stand der Ereignisse bringen.

Anstelle der Kristallgefängnisse erwarteten entweder die ursprünglichen, konservierten Körper ihre Seeleneinheiten oder seit langem bereit gehaltene Klonkörper empfingen neue Herren und Meister.

Die Bereitstellung tausender Klonkörper war gängige Praxis bei den Atalantern; nicht erst seitdem in Erfahrung gebracht wurde, dass die Kabarer mit den Kristallgefängnissen arbeiteten. So schien es allerdings tatsächlich, als wäre der nun eingetretene Fall der Fälle von langer Hand vorbereitet worden.

Die etwa 800 Millionen Atalanter wurden über das hervorragend organisierte System der Tafeln und Kreise informiert. Die agilen Kommunikatoren verbreiteten innerhalb eines Tages jede wichtige Nachricht vollständig.

Die Meldungen per Telekommunikator, einer Art mobiles Fernsehen, liefen gleichzeitig ab.

In den Sendungen forderten die Druidorix alle Atalanter auf, ihre definitive Entscheidung zu fällen: Bleiben oder Gehen!

Diese Notwendigkeit zu einer Wahl forderte das gesamte Lebensumfeld aller Atalanter heraus.

Familien gerieten in heftigen Streit, Sippen oder Clans brachen fast auseinander, in den Kreisen sowie bei den Tafeln entbrannten Diskussionen.

Sogar die Partnerschaften sowie Freundschaften wurden auf eine harte Probe gestellt. Was war denn das Richtige?

Jetzt musste das Ordenshaus, mussten die Druiden und insbesondere die Druidorix beweisen, dass sie bereit und fähig waren mit gutem Beispiel voran zu gehen. Von hier aus breitete sich mit der Zeit eine Atmosphäre fortschreitender Harmonie aus.

Ein kommunikativ geführtes Feld brachte Verständnis und Verstehen.

Erst trafen sich die Mitglieder des Ordenshauses selbst, dann wurden systemweit die Kommunikatoren zusammengerufen.

All diese Versammlungen übertrug das die Planeten umspannende Telekommunikationsnetz.

Jeder Atalanter konnte ohne Vorbehalte mitverfolgen, wie sich das Miteinander in seinen Strukturen der veränderten Situation anpasste. Die interaktive Transparenz bezog alle mit ein.

Die hochgekochten Emotionen beruhigten sich im gleichen Masse wieder, wie die Vernunft zunahm.

Betrachtungen änderten sich, die Gräben in den Gemeinschaften schlossen sich wieder.

Langsam aber sicher wurde akzeptiert, dass es nur diese beiden, von den Eliten offen gelassenen Optionen gab.

Einer Abstimmung stand schließlich nichts mehr im Wege.

Eigentlich war es eher eine Anmeldung derjeniger, die es vorzogen sich dem Einfluss der Kabarer zu entziehen.

Der Telekommunikator war bestens dafür geeignet sich anzumelden. Er war eigens auch für die Interaktionen eingerichtet worden. Bei Eingabe einer Geheimzahl konnten die Atalanter für eine Abstimmung ihre Stimme abzugeben.

Im vorliegenden Falle mussten sie sich zusätzlich mit ihrem vollständigen Datensatz erklären, um für die Abreise berücksichtigt zu werden.

Es war wie die Buchung einer Reise. Hier jedoch eine Reise ohne Wiederkehr!

Innerhalb eines Monats, eines einzigen Monats, musste sich jeder Atalanter entschieden haben. Wer in diesem Zeitraum nicht buchte, blieb im Sonnensystem Atalant.

Das Ergebnis war fast wie erwartet. Alle 800 Millionen hätten sowieso nicht mitkommen können.

Für den unwiderruflichen Exodus entschieden sich gerade mal 520.488 Atalanter.

Alle anderen waren weitgehend bereit sich zu fügen und sogar die kabarianische Lebensweise ohne Einschränkungen zu akzeptieren.

1983 Druidorix entschlossen sich, auch weiterhin den Zurückgebliebenen zur Seite zu stehen.

Alle Druidorix standen über eine gewisse Entfernung sowieso telepathisch in Verbindung. So wussten auch diejenigen, die sich lichtjahreweit entfernten, wie die Entwicklung bei den anderen Atalantern verlief.

Wir von der Triade entschieden uns sofort, die Abreisenden zu begleiten. Von den Mitgliedern des Ordenshauses blieben ungefähr 68 Prozent im Sonnensystem.

Ob die organisatorischen Strukturen, in der Aufteilung in Sippen oder Clans, Kreisen und Tafeln, weiterhin Bestand haben werden blieb abzuwarten.

Die Kabarer organisierten sich nämlich üblicherweise streng hierarchisch, was der Lebenseinstellung der Atalanter bisher sehr suspekt war.

Diese von oben nach unten beziehungsweise von unten nach oben ineinander verschachtelt strukturierten Organisationspyramiden hatten hauptsächlich Vorteile für diejenigen, die sich einer Spitze besonders nahe wähnten.

Hierarchien trugen immer den Kern von Unterdrückung in sich. Das Treten von weiter unten befindlicher Leutchen konnte zum Massensport oder zur Gewohnheit werden.

Ob sich damit die Atalanter so einfach abfinden können war fraglich. Immerhin war deren Prinzip seit alters her: Die Gleichberechtigung aller Wesen.

Doch sich entschieden zu haben, bestimmte von da an die Zukunft eines jeden.

Der ganze Vorgang bis zur Entscheidung dauerte keine zwei Monate.

Das Ergebnis teilten wir unmittelbar den Führungskräften des kabarischen Bundes mit. Die Mitglieder der höheren Führungriege überbrachten wiederum den elitären Puppen die Nachricht.

Offenbar wurde schon seit dem „Urteil" auf der Raumstation, an der Flotte für den Exodus gearbeitet. Nach der Information bezüglich der Abstimmung oder Anmeldung dauerte es jedenfalls gerade mal acht Tage bis die ersten Raumschiffe eintrafen.

Es waren sowohl moderne Schiffe für Passagiere als auch ältere Raumfrachter zur Aufnahme von Material und Gepäck.

Unsere ausgezeichneten Ingenieure und Techniker hatten alle Hände voll zu tun, um deren Raumtauglichkeit für Langstreckenflüge zu prüfen.

Die Elite von Kabar ließ sich allerdings nicht lumpen. Wir bekamen nur hervorragend ausgerüstete, überlichtschnelle Schiffe.

Lediglich die Ausstattung mit Angriffs- und Defensivwaffen war mehr als dürftig. So hatten die großen Raumfluggeräte zwar Hangars, jedoch keine Jäger oder Kreuzer in ihrem Rumpf.

Glücklicherweise war unsere eigene Raumflotte mit etlichen Maschinen ausgerüstet, die gerne zur Verfügung gestellt wurden. Mehr als zwei Drittel aller Raumschiffe des Sonnensystems wurden den Reisenden überlassen.

Die Kommunikation mit den Kabarern funktionierte völlig reibungslos und unerwartet freundlich.

Unsere Ingenieure bestellten geeignete Schiffe für unterschiedliche Zwecke. Sie suchten Raumschiffe aus, die sie dann sowohl mit den eigenen Waffensystemen als auch mit Abwehreinrichtungen und Energieschirmen versahen. Solche Schiffe dienten der Verteidigung der restlichen Flotte.

Entsprechende Schiffstypen bekamen sie prompt geliefert. Die Schiffsproduktion der Kabarer lief auf Hochtouren.

Außerdem wurden Maschinenteile in den Frachtern untergebracht.

Aus denen konnten während der Reise wiederum geeignete Maschinerien herstellbar werden.

Innerhalb kürzester Zeit wurde auch fertige Verpflegung für etliche Jahre gebunkert. Einige Raumfahrzeuge waren sogar für Landwirtschaft und Tierhaltung ausgerüstet.

In wieder anderen Schiffen errichteten die Atalanter ganze Fabrikationshallen für alle möglichen Fertigungsarten.

Vom Erstellen technischer Produkte bis zum Verarbeiten der Erzeugnisse aus der Biosphären-Landwirtschaft standen hochwertige Maschinenparks zur Verfügung.

Die über 500.000 Atalanter beteiligten sich geradezu freudig an der Ausrüstung ihrer Schiffe. Selbst Kinder und Jugendliche übernahmen Aufgaben, um zu helfen den Terminplan einzuhalten.

Die Armada der Raumschiffe wuchs. Alles wurde in Windeseile ausgebaut, entsprechend ihrer Bestimmung.

Der Tag des Starts rückte immer näher! Der Abschied sollte nicht zum Drama ausarten.

Doch irgendwie wurde, meiner Ansicht nach, die Abreise zu sehr auf die leichte Schulter genommen. Über das Telekommunikationsnetz verbreiteten sich aufmunternde Worte und Bilder.

Vom Neustart der Generationen war die Rede. Das „Große Spiel" wurde immer wieder propagiert.

Die bald folgende Spielsituation hatte dadurch etwas vom Beginn einer neuen Ära. Nicht das Schicksal der Reisenden wurde besonders betont, sondern das der Gebliebenen bereits eingeläutet.

Kabarianische Lebensweisen wurden im Telenetz überwiegend dargestellt. Den Reisenden hingegen wurde einfach eine „Gute Reise!" gewünscht, so als gäbe es auch eine Rückkehr.

Ich erkannte, hier spielten bereits die Kabarer ihre Vorstellungswelten herein. Wir, die wir den Absprung wagten, gehörten schon zur Vergangenheit.

Die zurückgebliebenen Atalanter sollten eine andere Rasse mit völlig neuen Idealen werden. So ähnlich wünschten es sich zumindest die Eliten.

Die Armada, eine gewaltige Flotte mit über 1.000 Raumschiffen in den verschiedensten Größen, sammelte sich am Rande des Doppelsonnensystems von Atalant.

Die Besatzung des Wächterplaneten Hylion hatte sicherlich noch nie so viele Schiffe registrieren müssen. Tatsächlich wurde jedes einzelne Schiff einem Scan unterzogen, in Form und Größe aufgezeichnet und seine Besatzung registriert.

Sogar blinde Passagiere wurden gefunden. Deren Identität hat man allerdings lediglich festgestellt und gleichfalls eingetragen.

Damit wurden sie als reguläre Mitreisende anerkannt. Niemand wurde zurückgeschickt.

Ebenso hat man Atalanter, die sich zur Reise angemeldet hatten und nicht registriert werden konnten, einfach bei ihrem Heimatplaneten gemeldet. Auch deren Mitreise wurde nicht erzwungen.

Zwiespältige Verhältnisse, wie sie beispielsweise innerhalb von Familien auftreten konnten, wurden von den Druiden betreut, so schnell wie möglich bereinigt und zum Guten geführt.

Die gesamte Prozedur der Registrierung dauerte mehrere Tage. Bei ihrem Abschluss blieben nur noch wenige Stunden bis zum Ablauf der gesetzten Frist übrig.

Die Raumflotte verließ das System von Atalant gemeinsam.

Mit ihren Antigravitationsantrieben bewegte sich der gewaltige Pulk erst einmal weit in den Weltraum hinaus. Bald darauf beschleunigten die Schiffe koordiniert mit Hyperpuls.

Die Triade, Darkon, Vasilio und ich, Gunar, befand sich an Bord von BoC, dem Raumschiff der Wesenheit, die sich mit dem Biocomputer des Sternenschiffes verbunden hatte.

Ebenfalls zur Besatzung zählten die Begabten: Erwan der Emphat, Marmuk der Gigant, Dessa die Laserfrau und Sandura die Herzliche.

Wir fühlten uns, seit unserem aufregenden Einsatz bei den Puppen, untereinander und mit diesem Schiff ganz besonders eng verbunden.

Wir konnten längst auch akzeptieren, dass unser geistvoller Freund keinerlei Besatzung benötigte, um den Schiffskörper zu steuern.

BoC hatte uns eröffnet: „Ich begleite Eure Flotte erst einmal aus dem Einflussbereich des Sternenbundes von Kabar hinaus. Sobald deren Kurs halbwegs feststeht bitte ich Euch, mich zu verlassen.

Mein Interesse gilt dem Ursprung der Puppen. Mich lässt einfach die Vorstellung nicht los, dass hier eine gewaltige Lügengeschichte zur Gründung des kabarischen Bundes inszeniert wurde."

Selbstverständlich akzeptierten wir den Wunsch unseres Begleiters.

Während unserer gemeinsamen Zeit verbanden wir Druidorix uns immer wieder mit dem Wesen von BoC. Wir nahmen seine geistige Signatur in uns auf. So konnten wir, jeder einzelne, auch über sehr weite Entfernungen in Verbindung bleiben.

Auf einem der anderen Schiffe wurden Plätze für uns bereit gehalten. Doch noch war es nicht so weit.

Dadurch, dass BoC als einziges Schiff das überlegene Antriebssystem seiner Parasphäre einsetzen konnte, waren wir wesentlich beweglicher, als der Rest der Flotte.

Auch seine Spürsysteme waren um ein vielfaches empfindlicher und reichten weiter hinaus. Sie erfassten auch sehr weit entfernte Energiemuster.

Aus diesen berechnete das Computersystem, mit dem BoC korrespondierte, energetische sowie materielle Zusammenhänge, die dann als Bild erkennbar wurden.

Auf diese Art und Weise fanden wir die Verfolger, obwohl sie sich mit Hyperpuls schneller als das Licht bewegten.

Die atalantische Armada wurde begleitet, von zwei verschiedenen Rassen in total unterschiedlichen Raumschiffen.

Zum einen folgten ihr eindeutig kabarianische Schiffseinheiten. Die Messungen deuteten auf kleine Kreuzer hin. Sie hielten gebührenden Abstand.

Sie wollten offensichtlich nur prüfen, ob die Atalanter tatsächlich ihren Einflussbereich verließen.

Sobald dies erkennbar wurde, ließ sich die Mehrzahl der Raumschiffe zurückfallen. Es folgte nur noch eine handvoll Schiffe der Flotte.

Solche Manöver waren verständlich und durchaus nachvollziehbar. Darkon bemerkte dazu: „Auch unsere Kommandanten würden vermutlich ähnlich handeln."

Wesentlich beunruhigender war das, was BoC weiter entfernt wahrnehmen konnte. Mir zeigte er es als erster, da ich wieder einmal gerade wach war, während meine Kameraden noch schliefen.

Unserer Flotte folgten offensichtlich noch ganz andere Wesen.

Es waren dies die großen, langgestreckten Raketen, von denen wir zwei auf dem Raumhafen der Puppen entdeckt hatten.

„Was sind das denn für Burschen?", ließ sich Marmuk vernehmen. „Ja genau! Und was haben die mit den Puppen zu tun?", Darkon wirkte etwa verunsichert. „Ich hoffe, die haben keine schlechten Absichten.", trug Sandura bei.

Ich bat BoC: „Versuche doch bitte, noch mehr zu erfahren. Kannst Du über die Entfernung vielleicht sogar scannen?"

„Danke für Dein großes Vertrauen Gunar. Doch das übersteigt selbst meine Fähigkeiten. Nicht nur, dass wir uns mit Hyperpuls bewegen, auch die Entfernung ist wesentlich zu groß für einen Scan." „Und was hältst Du davon, wenn wir uns mit einem Sphärensprung in deren Nähe begeben? Kann uns die Parasphäre dort dann möglicherweise so gut wie unauffindbar machen?"

„Puh, im Hyperraum habe ich die Sphäre noch nie eingesetzt. Aber immerhin, einmal ist immer das erste Mal.", sagte BoC. Er entwickelte den Unternehmungsgeist, mit dem ich gerechnet hatte.

„Lehnt Euch bitte bequem zurück. Ich starte den Versuch – jetzt."

Ein bekannter, geringfügiger Ruck ging durch das Schiff. Wir wurden ein wenig in unsere Gallertsessel gedrückt. Im nächsten Moment, einem mit Zeit nicht messbaren Augenblick, befanden wir uns in der relativen Nähe zu den Raketen. Die Abschirmung gelang tatsächlich. Sogar unsere Bewegung im Hyperraum konnten wir problemlos an die Fremden anpassen.

„Nun versuche ich zu scannen." Es vergingen einige Minuten bis BoC meldete: „So gut wie sinnlos. Die Kerle verfügen über ein wirkungsvolles Abwehrfeld."

„Und dabei dachte ich, das wären nur primitive Schiffe, wie aus einem schlechten Film.", meinte Vasilio. „Ich habe so einen früher einmal gesehen, als ich noch für die Kabarer im Einsatz war."

BoC warnte: „Achtung, ich entferne mich wieder. Man weiß nie, was hier noch auf uns lauert."

„Null Komma nichts" waren wir wieder bei der Armada und gliederten uns in den Verband ein. Dort hatte niemand unsere Abwesenheit wahrgenommen.

Ich war beunruhigt und Darkon, unser Hellsichtiger, bebte beim Gedanken an die Wesenheiten in den Raketen. Etwas Ungeheuerliches geschah dort draußen.

Die Triade traf sich nach einer unruhigen Nacht in einem ruhigen Raum, im Inneren von BoC. Wir versuchten Klarheit zu bekommen.

Deshalb begaben wir uns in einen geistig-magischen Strudel, der uns nach draußen führen sollte. „T.AaOooo, T.AaOooo, T.AaOooo, ...", der Wirbelstrom nahm uns auf, einte uns mehr und mehr. Wir verließen das Sternenschiff. Der einzige, der davon Kenntnis bekam war BoC. Schließlich geschah alles in seinem unmittelbaren Einflussbereich. BoC wünschte uns viel Erfolg und eine glückliche Rückkehr.

So verließen wir als Einheit unsere Körper. Trotz des Hyperraumes behielten wir die Kontrolle über den Weg zu unserem Ziel. Ebenso wie vordem für BoC war dies für uns eine Prämiere.

Elf dieser Raketenschiffe bewegten sich in weitem Abstand zum Pulk der atalantischen Schiffe. Jedoch war eindeutig erkennbar, dass sie uns folgten.

Mit unseren mentalen Kräften versuchten wir in das Innere der Raketen zu gelangen. Doch jetzt geschah etwas völlig Unerwartetes.

Ein Automatismus musste angesprungen sein, als wir durch die Hülle eines der Schiffe dringen wollten. Plötzlich wurde das uns verbindende Strudeln beschleunigt. Ohne unser Zutun begannen wir auf das Raumfahrzeug zuzustreben.

„Verdammt, sofort gegensteuern! Verlangsamen und weg von hier!", Darkon gab den entscheidenden Hinweis. Wir bremsten mental ganz brutal ab. So entkamen wir gerade noch dem Sog. In einigem Abstand begannen wir nur noch zu beobachten, was die Besatzung der Schiffe tun würde.

Offenbar hatten wir diese Leute verunsichert. Jedenfalls verließen sie den Hyperraum, um sich zu orientieren. Damit konnte sich die Armada ein ganzes Stück weit entfernen. Die Verfolger wurden abgehängt. Sie gaben vorerst einmal auf.

Wie wir später erkannten, hatten wir sehr viele unserer atalantischen Freunde vor einem schlimmen Schicksal bewahrt.

Ziemlich verstört, aber sehr froh wieder zurück zu sein, übernahmen wir unsere Körper, die im Sternenschiff auf uns warteten.

BoC, der uns zu seinem Bedauern nicht folgen konnte, war neugierig auf unseren Bericht.

„Mein Freund, da gibt es nicht viel zu erzählen." begann ich. „Wir wären nur beinahe von einem der Schiffe eingesogen worden. Gerade als wir in eines der Raketen eindringen wollten, wurden wir von einem starken Saugstrahl erfasst, der sogar im Hyperraum wirksam werden konnte." „Wie?", BoC war erstaunt: „Ein Saugstrahl der Euch als körperlose Geistwesen erfassen konnte?"

Jetzt fiel es mir wie Schuppen von den Augen. „Genau, Du hast gerade ausgesprochen, was die Verbindung zu den Puppen erklärt."

Tatsächlich brachte ich mit diese Bemerkung sowohl BoC, als auch meine Freunde etwas in Verwirrung. „Woran denkst Du dabei?", fragte Vasilio erstaunt. „Überlegt doch einmal. Die Elitepuppen von Kabar verweigern jegliche Neuerung. Und doch konnten sie plötzlich uns Wesenheiten, die TAO-Seelen, einsaugen und in Kristalle sperren. Nun glaube ich zu wissen woher diese Technologie stammt."

„Bingo! Eine messerscharfe Überlegung! Dadurch seid ihr Atalanter ausgetrickst worden.", BoC drückte sich diesmal sehr kurz und prägnant aus. Deutlicher hätte keiner von uns erklären können, warum wir als Seeleneinheiten immer in Gefahr waren weggefangen zu werden. Sobald wir unsere Körper verließen, beispielsweise starben, konnten die Kabarer die Sauger einsetzen und uns unschädlich machen.

„Nun gut. Aber was wollten diese gemeinen Seelendiebe jetzt bei der Armada?"

BoC wurde unternehmungslustig: „Es bleibt uns nichts anderes übrig, als diesem Geheimnis auf den Grund zu gehen. Die dunkle Gefahr der Puppen kann warten. Sie läuft mir nicht weg." Darkon fragte ihn: „Meinst Du etwa, wir sollten jetzt die Raketen aufs Korn nehmen?" „Genau! Denen müssen wir unbedingt auf den Zahn fühlen. Ich meine nämlich, die sind eine größere Gefahr als der Sternenbund von Kabar mit all seinen riesigen Raumfahrzeugen."

Wir informierten jetzt auch unsere Mitstreiter: Erwan, Marmuk, Dessa und Sandura. Es war überhaupt keine Frage ob sie mit von der Partie sein wollten. Mittlerweile waren wir sieben und natürlich BoC, also acht, ein erfolgreiches, eingeschworenes Team.

So starteten wir durch und folgten den Raketenschiffen, die sich von uns immer mehr entfernten.

Über den Autor:

Günter Karl Skwara, *19.07.1952

Während seiner vielfältigen beruflichen Tätigkeiten erlangte er Einblicke hinter die Kulissen von Betriebs- und Volkswirtschaft. Ihm offenbarten sich zudem die sozialen Zusammenhänge, mit all ihren Ungerechtigkeiten und Abgründen.

Bei seinem Aufenthalt in Frankreich (1991 bis 1992) eignete er sich verschiedenes Wissen und Fähigkeiten an. Diese konnte er dann auch in Deutschland nutzen. Er wurde Heiler von Morhange genannt und anerkannt als "Meister des Wandels" (master of change).

Seine Absicht besteht seitdem darin, Menschen aus dramatisch verfestigten Problemstellungen heraus zu helfen (physischer, psychischer sowie sozialer Art). Als guter Zuhörer entlastet er, mittels Spiritueller Rückführungen, die schwierigen Situationen seiner Rat- und Hilfesuchenden.

Mit leichter Hand führt er sie zu eigenständig gefundenen Lösungswegen.

**Er ist Begleiter auf dem Pfad
zu Wohlbefinden, Zufriedenheit
und GlücklichSein.**

Günter Skwara

**Spiritueller
Rückführer**

Meditationsbegleiter

**Berater für Mentale
Kommunikation**

> Spirituelle Rückführung
> Finden von Ursachen, Aufarbeiten und Bereinigen alter
Ereignisse, Rehabilitation und Mobilisierung von
Kreativität, (Los)Lösen belastender karmischer
Verstrickungen und mehr. Transformation vom
Menschsein zu TAO, dem Geistigen Wesen.

> Mentale Kommunikation
> Die Magie effektiver, mentaler Kommunikation ist der
Königsweg, zur Lösung aller, von Menschen inszenierter,
Probleme. Bestandteile des Magischen Quadrates für
Verstehen dienen als Leitgedanken.

> Ganzheitlicher Energiefeldausgleich
> Aus dem Gleichgewicht geratene Lebensenergie wird
wieder stabilisiert und harmonisiert > für mehr
Ausgeglichenheit, Stabilität und Balance im Dasein.

> Spiegelmeditation
> Selbsthilfeprogramm: Erschließt Euch den Weg zum Selbst
(zu Selbsterkenntnis, Selbstbestimmung, Selbstständigkeit).
Taucht ein und rehabilitiert uralte Fähigkeiten!

Kontakt zum Start ins Abenteuer:

rueckfuehrer@googlemail.com

**www.rueckfuehrer.de
www.studio-chi.de**